講談社文庫

忘れる女、忘れられる女

酒井順子

講談社

忘れる女、忘れられる女

酒井順子

講談社

選挙とアイドル 9
親バブル子ゆとり 14
老老社会の未来 19
女子高生と投票箱 24
子ナシ独身女性知事 29
「優生思想」の恐ろしさ 34
記憶の中の角川映画 39
「輪」と「おかげ」の日本人 44
澤《さわ》さんのCMにモヤモヤ 49
感動ポルノ世代 54
卓球イメージアップの戦い 59
五十歳になりました 64
謝罪と髪型 69
本と人工知能 74
週刊現代ナイト 79
日本シリーズ、広島の夜 84

モテ国家への道 89
男の子の天井、女の子の天井 94
「二十四時間」時代の終わり 99
家事力がある男性 104
お酒という麻薬 109
同窓ディスコ会 114
欲求減少社会 119
喪中のタイにて 124
雪の新幹線 129
踏み絵を踏みますか？ 134
強気な女性のヘアスタイル 139
ゴルフと男社会 144
「愛され」卒業世代 149
JR北海道にシンパシィ 154
プレミアム効果 159
仲間はずれ病 164

タラレバ娘と負け犬先輩　169
昭恵《あきえ》夫人とホイチョイ文化　174
で、誰が看るの……？　179
『きょうの料理』は進化する　184
「お盛ん」女性の生きる道　189
「輝き」の後の物語　194
チビ鉄子の未来　199
眞子《まこ》さま婚約で㊂女性は……　204
SNS時代の「しくじり」　209
「イップス」になる人　214
中高年女性の露出度　219
豪華列車と罪悪感　224
「コムる」男性は増えるのか？　229
都議選にピコ太郎を想う　234
怪我の聖子《せいこ》ちゃんコンサート　239
「録音社会」の恐怖　244

猛暑の大阪で夢うつつ　249
あとがき　254

選挙とアイドル

人気者達が次々と卒業し、二位の渡辺《わたなべ》まゆゆをして、

「今、ＡＫＢはピンチだと思う」

と言わしめた二〇一六年のＡＫＢ48の総選挙。その言葉の通り、投票総数は昨年より減とはいうものの、今年も盛り上がっていたようです。

私は、テレビでその様子を眺めつつ、「ＡＫＢ総選挙の人気と、日本の選挙権年齢の十八歳以上への引き下げとは無関係なのかしらん」と、ぼんやり思っていました。若者達がこんなにも投票行為が好きならば、本当の選挙で投票させてもいいじゃないか……と、ちらっと思った大人はいなかったのか、と。

アイドルグループにおける序列を、選挙で決める。これは秋元康《あきもとやすし》さんの発明です。選挙によって、メンバー間の切磋琢磨や、新陳代謝を図ることができ、アイドルグループが永遠に存在し続けることも、夢ではなくなりました。

旧来のアイドルグループは、「期間限定」であることが魅力の一つでした。たとえばキャンディーズは、メンバーそれぞれが、二十二、三歳という時期に、桜が散るように解散し、大きな話題に。美しく身を引いてこそアイドルだったのです。

そこに改革をもたらしたのは、つんく♂さんでした。モーニング娘。はメンバーが抜けても解散をせず、オーディションにて繰り返しメンバーを補充。一九九七年の結成以降、実に二十年近くグループを保っています。

AKB48も、その流れの上にある、「永遠」を目指すアイドルなのでしょう。ただ新陳代謝の手法が、モーニング娘。とは異なっている。

対してジャニーズアイドルは、メンバー補充による〝永遠の追求〟行為をしません。SMAPにおいても、一九九六年に森且行《もりかつゆき》さんが脱退した時も、一人減ったまま活動を継続。平均年齢を上昇させながら、二〇一六年の解散まで活動を継続しました。TOKIOやV6にしても、メンバーの新陳代謝を図る気配はありません。KAT-TUNの場合は、様々な理由によりメンバーが次第に欠け、当初六人だったのが三人になってしまったわけですが、それでも補充することなく、現在は「充電中」という名の活動休止状態に。

この差は何かと言いますと、やはり男女の違いに行き着くのでしょう。男性より女性の方が、「若くてナンボ」の生き物であるからこそ、女性アイドルはメンバーをどんどん入れ替え、グループの寿命を長くしなくてはならないのです。

一種のアイドルグループと言えないこともない、宝塚と歌舞伎にしても、同様です。結婚したら退団しなくてはならないのが、宝塚。トップスターは、結婚しなくてもほどよいところで身を引くのが不文律ですが、どんどん退団しても、宝塚音楽学校から新しい人材が毎年、補充されるのです。

対して歌舞伎役者は、基本的には死ぬ時が引退の時。それもやはり、彼等が男性だからなのでしょう。

しかし一つだけ、メンバー補充による〝永遠の追求〟をしている男性グループがあって、それが「笑点」の大喜利メンバーなのでした。桂歌丸《かつらうたまる》さんの司会引退に伴う新司会と新メンバーは誰に？……という件は、国民的な話題になったもの。

「笑点」の新人事決定前、柳家《やなぎや》小三治《こさんじ》さんの落語会に行くと、小三治さんのところにも「次の『笑点』の司会は小三治さんという噂《うわさ》がありますが？」といった電話があったという話が、まくらで出てきました。小三治さんは、

「『笑点』とは関係ありません！」

と断言して会場を笑わせていらっしゃいましたが、「笑点」の新人事は、都知事選

に誰が出るかくらいの疑心暗鬼状態を、落語界に生んだのかもしれません。

「笑点」の新人事は、オーディションでも選挙でもなく、視聴者からは見えないところでの話し合いによって決定されます。今回の「笑点」では上手くいきましたが、「なんであいつが」という意見が出やすいのも、この形式。

政治の世界も、昔は裏で行われる話し合いで選ばれた人や、はたまた歌舞伎界のように「家筋の良い人」が、為政者になっていたわけです。が、それでは普通の人々の意見が反映されないということで、選挙が広く行われるようになった。

ということは、「新陳代謝しないと売れなくなるから」という理由からとはいえ、選挙によって中心メンバーが決定されるAKB方式は、理に適《かな》っているのかも。アイドルが「男子一生の職業」と化した今、既得権益を守りたいであろう男性アイドルが選挙を取り入れることはまず無いと思われますが、ジャニーズも笑点も一度、選挙で民意を問うたら面白いのに、とも思います。

しかしこのような時代になると、選挙権は人間に最初から備わっていたような気がしますが、決してそうではありません。特に女性に選挙権が与えられたのは、日本が第二次世界大戦で負けた後、一九四五年でしかない。それまではいくら女性が参政権を求める運動をしても、「女にはまだ要らないでしょ」と、却下され続けてきたのです。

そんなわけで、アイドルであれ政治家であれ、票を投じて人を選ぶことができるというのは、決して当たり前でない大切な権利。大切に使いたいものだと思います。

親バブル子ゆとり

その日は朝起きると、既に友達からＬＩＮＥが入っていました。

「今日はイギリスでＥＵ離脱するかどうかの投票があるから、朝六時から出社してる」

と。

友人は、外資系の金融会社勤務。イギリスがＥＵ離脱となったら、てんやわんや状態になるのでしょう。

「離脱、マジ勘弁してほしい」

と、ＬＩＮＥにはありました。

が、時が経《た》つにつれ「離脱派優勢」とのニュースから「離脱派勝利確実」へ、そして「キャメロン首相辞意表明」となり、世界がてんやわんや状態に。友人からのＬＩＮＥも、ぷっつりと途絶えました。

大変だな……と思っていたわけですが、今回の離脱問題は、うっすらと他人事ではありません。イギリス企業に勤務していた親が持っていて放置していた彼の地の口座には、わずかばかりのポンドが。ポンドの相場はと見てみると……、案の定暴落しています。

「ま、そうなるよねー」

と、その件については考えないようにすることに私は決定したのです。

その夜は、同級生と会って食事をしたのですが、彼女の大学生の息子も、イギリスのEU離脱については大変迷惑がっているとのこと。

「なぜ大学生が？」

と問えば友人は、

「イギリスのEU離脱で世界的に景気が悪くなれば、就職は氷河期に……ってことで、心配しているのよ」

ということなのだそう。確かにそれは大学生にとっては深刻な事態です。しかし、

「かといって我々、世代が世代なだけに、今の大学生には就職活動についてのアドバイスなんて、できないしね……」

「そうそう、私達の就活話なんかしたら、子供に殺される」

と、我々は話しておりました。

「世代が世代」という我々は、いわゆるバブル世代。誰もが安易に、複数の内定を勝ち得ることができた、超売り手市場のバブル期に就職活動をしていました。友人は、

「私なんか、白いスーツで就活してたもん。蓮舫《れんほう》かっつーの」

と言います。さすがにダークスーツを着て就活していた私はその話に驚いたのですが、そんな彼女も、楽々と一流企業に就職していました。かくいう私も、

「私はストッキングが大嫌いだったから、生脚にパンプスで就活してた」

という感じ。葬儀会社の人か、というくらい黒スーツ姿しかいない今の就活生からしたら、「ふざけんな」という話でしょう。

白スーツで就活していた彼女はさらに、

「ウチはさ、〝親バブル子ゆとり〟っていう、最悪の組み合わせなのよ」

と。親はバブル絶頂期に就活をして、職を得る苦しみを知らないのみならず、

「うちの子って、小学校入学と同時にゆとりが始まって、高校卒業の時にゆとりが終わった〝十二年間フルゆとり〟世代。そんな子の就活が氷河期になった日には、どうしたらいいの！　その上、親がドバブルだなんて！」

と、彼女は笑っておりました。

そして私達は、他の世代の人がいたら決して口にすることができない「バブルある
ある」話に突入したわけですが（六本木の夜のタクシーの件、単なる大学生のパーティー
にまでスポンサーがついた件等）、そこで出てきたのは昨今問題になっている「視察」
の話です。舛添《ますぞえ》さんは、海外出張の経費の話が報じられたことをきっかけに辞任に追
い込まれ、都議会議員もリオ視察にお金をかけすぎということで、視察は中止になっ
たわけですが、
「でもさ、あの時代ってその手の海外出張とか、いっぱいあったよね」
「経費を使うための出張、みたいなやつね」
と、我々はコソコソと語っておりました。仕事には直接関係は無いかもしれないけ
れど、とりあえず見に行ってみよう、楽しそうだし……的な出張があの時代はしばし
ばあって、企業における経費活用の振り幅はかなり広かったのではないか。
今のご時世、そのような出張は許されません。ましてや税金を使っての「とりあえ
ず見に行ってみよう」という出張はあり得ない。
……ということは知っているのだけれど、この件によって「視察＝無駄遣い」とい
う感覚が広がることを、バブル世代としては危惧《きぐ》します。咸臨丸《かんりんまる》の日本人ほど真剣に
海外文化を吸収してこようとは思っていなくとも、実際に外国の地に立ち自分の目で

見ることによって変化するものはある。何でもネットで見られる時代であっても、と言うよりネット時代であるからこそ、自分の目で見ることは大切なのではあるまいか。

しかしそんな事は、やはりバブル世代の戯言《ざれごと》。

「私は白スーツで就活したけど内定もらったわよ」

という発言と同様に、「何のんきなこと言ってんだ」と思われるに違いありません。

EU離脱ニュースで盛んに初夏のイギリスの映像が流れて、久しぶりにイギリスに行きたくなった私。「EU離脱の現場を見る」という名目でセルフ視察にでも行くかな、という気分になったのですが、ま、「観光とどこが違うんですか！」という突っ込みが入ることは確実でしょう。

老老社会の未来

私は、バスによく乗ります。東京都では七十歳以上になると、いくばくかのお金(収入で異なる)を払えば、バスのシルバーパスが取得でき、パスがあればバスに乗り放題なので、乗客はお年寄りが多いのです。

だからこそバスに乗る時に何となく考えてしまうのが、「この席はずっと座っていられそうか」ということなのでした。お年寄りはバスの後方まではあまり来ないので、後方に座ると前に立ったお年寄りに「どうぞ」と譲る確率は比較的少ない。対して前方の席は、シルバーシートでなくとも、譲る確率が高い。

とても疲れている時などは、「今日は座っていたい……」と、後方座席それも奥の方、をセコく選んでしまう私。しかしそうでない時は、お年寄りに席を譲るべく、心がけております。

先日、早めの夕方に始発の停留所でバスに乗ったところ、席は既にお年寄りと学校帰りの学生でいっぱいでした。立っていると、次に乗ってきたのは、杖《つえ》をついているおばあさん。

高校生は、座っているけれど目はスマホ、耳はイヤホンでふさがっていて、杖のおばあさんには気づきません。するとそこで立ち上がって席を譲ったのは、シルバーシートに座っていた、別のおばあさんでした。

杖のおばあさんは遠慮しますが、しかし確かに、席を譲ったおばあさんの方が、杖のおばあさんよりは若そう&元気そう。結局、杖のおばあさんはシルバーシートに座りました。

次に乗ってきたのは、マタニティマークをバッグにつけた若い女性です。高校生はもちろん気づかずに、スルー。すると今度は、普通座席に座っていたまた別のおばあさんが、

「あなたお座りなさい」

と、妊婦さんに席を譲ったのです。「いいですいいです」と遠慮する妊婦さん、「大丈夫大丈夫」と譲るおばあさん。そして妊婦さんは、席に座りました。

座席の老老譲渡、および老妊譲渡の現場で私は、近未来の日本の姿を見たような気がしました。日本人の寿命が延びたと言っても、それは若い時間が延びるわけでな

く、おばあさんなりおじいさんなりでいる時間が長期化するということ。高齢化が進む未来の日本は、お年寄りで満員のバスのようなものなのであり、高齢者だからといって安心してシルバーシートに座っていられるわけではないのです。

長寿国の日本では今や、七十代ではまだ小ばあさん、小じいさんという感じ。八十代で中ばあさん、中じいさんとなり、九十代でやっと大ばあさん、大じいさんとなる。若々しい小ばあさん、小じいさんは、高齢者界では若造なので、先輩達を助けなくてはならず、とても忙しそうなのです。

私世代が高齢になったなら、その状況はさらに進んでいましょう。シルバーパスの発行年齢も、高齢者のあまりの増加に対処しきれず、引き上げられるに違いない。我々は大ばあさんになるまで長生きしなければバスで座ることはできず、その前の二十年はずっと、老老譲渡をし続けるのではないでしょうか。

老と老とが助け合わなくては回らない、少子高齢化の日本。老老介護の問題については、既に毎日のようにメディアで取り上げられています。

しかし、こと老老介護問題に関しては、これからやや減ってくるのではないかと私は思うのでした。それというのも老老介護というのは、若いうちに子供を産んだ女性が年をとった時に、発生しがちな問題だから。

その昔は、アラウンド二十で結婚&出産をした女性も多いわけで、となると子供と母との年齢差が二十歳ほど。九十代の親の面倒を七十代の子がみる、という老老介護になるわけです。私の母親も、二十三歳で兄を産んでいますから、生きていたら老老介護コースだったかもしれません。

しかし私達の年代になると、アラウンド二十での出産はグッと減少します。私の友人などは特に晩婚傾向が強いため、二十代後半での出産すら珍しいし、四十代で出産という人も。

となると、親と子の年齢差は、三十〜四十。親が九十代の時に子は六十代、五十代ということになって、体力的にはまだ余裕が残されているのです。実際、四十代で子を産んだ友人は、

「子供がそんな年をとらないうちに看取《みと》ってもらえるかと思うと、気が楽!」

と言っていましたっけ。

戦前は、早婚・早産でも寿命が短かったため、老老介護問題は無かった。しかし私の親世代は、早婚・早産でかつ長寿のため、老老介護問題が発生。そして私の時代は、長寿であっても晩婚・晩産のため、その問題は減少する……のではないか。

とはいえ高齢者の増加により、他の様々な老老問題は出現しそうです。知人のお父

さんは、シニア仲間で起業しようとしたものの、仲違《なかたが》いして紛糾。

「老老介護ならぬ老老解雇だ、って言ってた」

のだそう。そして老老間の軋轢《あつれき》がこじれれば、加害者も被害者も高齢者という、老老犯罪も増えましょう。

昔はお年寄りというとほとんど神に近い存在でしたが、「生涯現役！」と、元気であり続けなくてはならないプレッシャーが強い今。自分が「老」となった時の生々しい老老社会について、私は今日もバスに揺られながら、夢想しているのでした。

女子高生と投票箱

参議院選挙が終わって次は都知事選挙、という東京。この参院選からは、選挙権が十八歳以上に引き下げられたということで、「若者と選挙」についての報道が目につきました。

この中で、各テレビ局が狙《ねら》っていたに違いないと思われたのが、「制服姿の女子高生が投票している」という映像です。私が見た限りにおいては、制服姿の女子高生が投票、というニュース映像は複数回あったのに対して、制服姿の男子高校生が投票している映像は無かったような。

投票日は日曜ですので、制服姿の女子高生が投票をする画像は、期日前投票のそれだったのかもしれません。投票所で、制服姿の女子高生を張っていたのか。それとも女子高生に対して、制服姿で投票に行ってもらうよう、プチやらせをお願いしたのか。その辺はわかりませんが、いずれにしても、投票をする女子高生、という映像が目新しいことは事実です。

　私はその映像を見て、『セーラー服と機関銃』を思い出したことでした。薬師丸《やくしまる》ひろ子《こ》さん主演の映画『セーラー服と機関銃』が公開されたのは、一九八一年のこと。初々しいセーラー服姿の薬師丸さんが機関銃を持つという、その柔と剛のコントラストが新鮮で、映画は大ヒットしたのです。

　同世代のアイドルなどと比べても、群を抜いてピュアな印象だった薬師丸さんがセーラー服を着用し、機関銃を持つ。……ときたら、どうしたってその機関銃は陽物の隠喩《いんゆ》でしょうよ。と、当時十五歳であった私がそこまで考えていたわけではありませんでしたが、セーラー服の女の子が機関銃を持つ姿に日本中が興奮したのは、そんなことを感じ取ったせいだったのだと思います。最近、映画の続編が公開されたけれど、そちらがあまり話題にならなかったのは、最初の映画のインパクトが強すぎたせいではないか。

　この映画によって、セーラー服の商業的価値は、ぐんと上昇しました。当時の女子高生の制服というと、まだ今のようにチェックのスカート流行《ばや》りではなく、セーラー服か紺のジャンパースカートか、という感じ。しかしセーラー服の方が、リボンなどついていて装飾性が高く、またその胸元のリボンの「解《ほど》こうと思えば解ける」という感じが、女子性を強くアピールしていたわけです。

とはいえセーラー服は、そもそもはその名の通り、水兵さんの制服です。やがてそれが子供服に取り入れられ、さらには女学生向けに転用されたという、いわば異性装。男性用、それも兵士の制服を女学生に着せるというのもまた、ある種の「グッとくる感じ」を求めた結果と思われます。

日本ではやがて、セーラー服は女子高生のアイコンに。「ジャンパースカートと機関銃」ではなく「セーラー服と機関銃」となったのは、セーラー服の方が女子性が高いと同時に、「元々は兵士の制服」という背景もあったからではないでしょうか。

一九八五年には、「セーラー服を脱がさないで」という歌が流行します。九〇年代には、女子高生達がブルセラショップにせっせとブルやセラを売るように……。と、セーラー服はそれから、性やお金の匂《にお》いとがっちりと結びつくようになりました。

同時に発生したのが、チェックのスカートブームです。一部の男性には人気の高いセーラー服でしたが、当の女子高生達はチェックのミニスカート＋ハイソックス、といった制服を好むようになり、制服をチェンジする学校が続出。今となっては、一部の伝統校がセーラー服を堅持《けんじ》、という状況です。

私がニュースで見た「投票する女子高生」も、チェックのスカート姿でした。「チエックのスカートと投票箱」も、『セーラー服と機関銃』とまではゆかぬものの、かなりコントラストの強い映像。「テレビ局の人は、本当は『セーラー服と投票箱』という映像を撮りたかったのだろうなぁ」と思いましたが、今セーラー服の制服を続けている学校はたいてい校則が厳しいですから、その映像を撮るのは難しかったものと思われます。

十八歳選挙や期日前投票をしらしめるために総務省がつくったコマーシャルには、広瀬《ひろせ》すずさんが登場していました。彼女は制服こそ着ていなかったものの、若々しさをたっぷりアピールしたのです。

同じことでも、男がするのでは地味なので、女にさせて広告塔にする。これはあらゆる場面で見られる現象です。が、広告塔だけ華やかで、蓋《ふた》を開けてみれば女の影が薄い……というのもよくあること。政治の世界においても、女性は何かと目立ちがちだけれど、実は世界的に見ても、日本は女性議員比率が低いことで有名です。

今回の参院選では、十八歳の投票率は五十％を超えたのに対して、十九歳の投票率が三十九％余と、かなりの開きがあったそう。「十八歳選挙」「高校生も投票できる」とばかりアピールされたが故《ゆえ》に、十九歳は蚊帳《かや》の外感を抱いていたのか……。

都知事選を控え、あまりに「女子高生と投票箱」シーンを押し出しすぎるのも弊害があるのかも。学ランと投票箱、みたいな姿にグッとくる層もいるような気がするのであって、若者への投票行為奨励は、偏《かたよ》りのないようにお願いしたいものだと思います。

子ナシ独身女性知事

都知事は美濃部《みのべ》さん、首相は角栄《かくえい》さん。……の記憶から始まる、昭和っ子の私。このたび、史上初めて女性が都知事になったことに、深い感慨を覚えます。

としたところで、「えっ？」となっている可能性もある、今。そう、この文章を書いている時点ではまだ、選挙戦のさなか。新しい都知事は、決まっておりません。政治的知識も霊感も無い私ですが、何となく「そうなるのではないか」と予測をした上での先走り原稿であることを、ご了承ください。

小池百合子《こいけゆりこ》さんは、自民党（注・当時）の女性政治家として、独自路線を走っている印象があります。保守政党である自民党の女性議員は、やはり「既婚の子持ち、そして議員」という路線を、野田聖子《のだせいこ》さんのように多少無理をしてでも目指さざるを得ないところがあります。

その中で小池百合子さんは、独身で子ナシ。初の女性都知事であると同時に、戦後初の独身そして初の子ナシ都知事なのではないか。そして日本は、総理も首都の知事も子ナシという、世界有数の少子化国家らしいリーダーを戴《いただ》くのです。

東京は、全国で最も出生率の低い地。二〇一五年の全国平均が一・四六、最も高い沖縄県が一・九四という中で、ぶっちぎり最下位の一・一七という数字です。

出生率は最低、単身世帯率は高いという東京の知事が独身子ナシ女性とは、まさに東京という地を象徴するようではないか、と私は思います。三世帯で幸せに暮らしています、などという人は、東京では極《きわ》めて特殊なケース。もしも石田純一《いしだじゅんいち》さんが出馬していたら、何度も結婚して何人も子をつくっているという彼の過去が、東京においては「特殊」と判断されたのか、「善行」と判断されたのか……。

子ナシの独身女性が都知事になってしまって、東京の出生率が上昇するのか……と心配される方もいるでしょう。が、私は「餅は餅屋」と思う者。従来型の都知事、すなわち高学歴で高キャリア、であるが故に容貌や人望に多少の難があったとしても結婚して子を生《な》すことができた男性では、結婚難、出産難の背景にある問題を、本当には理解できないのではないか。

彼らは、「人間、普通に生きていれば結婚したり子供をつくったりするものでしょう？」という意識を持っています。好きなことばかりして結婚もせず子も産まずというのは、女性の我儘《わがまま》なのではないか、と。

対して独身子ナシ女性であれば、「今や東京で普通に生きているだけでは、結婚も出産もできない」という事情を、わかってくださるのではないか。女性達は自分の我儘でそうなったのでなく、結婚や出産をしたいのにできていないのだ、ということを。

独身子ナシ知事で、子育て対策は大丈夫なのか、と心配するむきもありましょう。独身女性の方が子持ち女性に冷淡、という話は確かにあります。しかしそれも、専業主婦の妻に子育てを任せてきたような男性と比べればまだマシなのでは、という気が私はいたします。

今時の女性政治家の皆さんは、「母として」という言葉を大きなセールスポイントとして使用しています。「父として」を連呼する男性政治家があまりいないことを考えると、「産んだ」という事実は、女性政治家にとっては大きな利点なのです。

そんな中で小池さんは、「母として」という武器を使わずに、政治の世界を生きてきた方。イデオロギーは違えど、世代としては、市川房枝《いちかわふさえ》〜土井《どい》たか子《こ》と続く、「結婚など考えず政治活動に邁進《まいしん》」という世代の最後に位置しているのかもしれません。

そのような方が都知事に、というのは面白い現象だと私は思います。日本は世界でも女性国会議員の割合が低く、先進国の中では最下位であることが知られていますが、地方政治の場では、その割合はさらに低いのです。『日本の女性議員』(三浦まり編著/朝日新聞出版)という本によれば、政令指定都市以外の全国の市議会のうち、女性議員ゼロの議会が七%も存在し、町村議会を見れば、実に三分の一もの議会で、女性ゼロとのこと。

より生活に近い地方議会の方が、女性が多いのではないかと思いきや、実態はそうではない。女性が立候補しようとしても「夫をさしおいて」とか、「余所《よそ》からヨメに来た者が立候補とは」という声があるそうなのです。地方に行けば行くほど政治に女性の声は届かず、「母として」と言う機会すら、与えられていません。

そんな中で、東京という一自治体の首長が女性になるというのは、一つの動きをもたらすのかもしれません。

「特殊な都会で特殊な女が知事になっただけだろう」

という声もありましょうが、何事も「はじめて」の人というのは特殊扱いされるのが常。議会に女がいないこと、リーダーに女がならないことの特殊さに、人が気づくきっかけとなるのではないでしょうか。

……などと書きつつも、新知事はやっぱり既婚子アリ男性でした、という可能性もある今。とりあえずは女でも男でも、子ナシでも子アリでも、平和で安全な東京にしていただき、そして就任すぐにスキャンダル続出で知事辞任、などということのない方が選出されることを望みますよ、マジで！

〈追記〉都知事選で小池氏が圧勝したのは、ご存知の通り。コロナ騒動という乱世で生き生きと存在感をアピール、二期目を目指す。

「優生思想」の恐ろしさ

相模原の障害者施設における大量殺人事件の犯人にナチスの優生思想の影響か、という報道がありました。ナチスドイツでは、障害者の安楽死や断種、そしてあの〝民族浄化〟が行われていたわけです。

が、「ナチスって怖い」では話は終わらないわけで、日本にも優生思想は入ってきていました。先日、第二次大戦直前〜戦中の婦人雑誌を読んでいたら、優生思想的な記事が堂々と載っていたものです。

それはまさに「産めよ殖《ふ》やせよ」の時代であったわけですが、「産めよ殖やせよ」と優生思想は、セットになっています。女性はなるべく早く結婚して、五人は子供を産んでほしい。しかし、相手を選ばずに、ただ子供をつくればいいというものではない。

「粗製乱造では困る」

と、はっきりと記されていたのです。

何のために子供をつくるかといえば、長引くであろう戦争で戦ってくれる人材を確保するため。身体の脆弱《ぜいじゃく》な子供が産まれてもかえって迷惑で、そのためには結婚前に男女は必ず健康診断の結果を取り交わし、互いに健康であることを確認すること。結婚は、個人的な行為だと思ったら大間違いで、それは国家的行為なのであるからして、病弱な人と結婚するなどという行為は、国家に対する大罪なのだ。また、顔で戦争をするわけでもないのだから、相手の顔の美醜《びしゅう》などに左右されるべきでもない。身体の頑健さを見よ、ということなのです。

婦人雑誌には、断種奨励の記事も載っていました。ハンセン病は遺伝病でないことがわかっていたにもかかわらず、「怖がらずに断種を」といったことが記されている。精神疾患の患者に対する断種も、勧められています。

当時の日本は、大東亜共栄圏を確立してアジアの民を救済&解放してあげましょう、という思想のもとで侵略を進めていたわけで、日本人はアジアの各地にたくさん住んでいました。が、日本人男性がアジアで現地の女性との間に子供をつくるのは、日本人の純血性が失われてしまうのでNG。純血性を保つためにも、日本人女性が積極的にアジアの地に行って、現地の日本人男性と結婚しないでどうする、といった叱咤激励も載っています。

戦後、「人権」というものが日本に入ってきたお陰で、今の女性誌においてこのような記事は見られなくなりました。今の女性誌は、卵子が老化するという話は教えてくれますが、

「勝手に働いて勝手に年をとった女が、自己満足のために中年になってから子供を産もうとするだなんて、ワガママというもの。もっと若くて新鮮な卵子を持つ女性に、バンバン産んでもらわないと！」

みたいなことは、決して書かないのですから。

かつては優生思想を真剣に推進しようとした国だったことを思うと、本当に良い時代になったと思う私。それは日本に限ったことでなく、優生思想はかつて世界的に一種のブームだったわけで、取り入れようとした国は他にもあります。しかし「ナチスって怖い」「そんな思想の影響を受けるのは、異常な人」と、今回の事件を他人事として見るのは間違いなのではないか。日本人もまた、時と場合によってはその手の思想を受け入れる可能性があることを、この事件は思い起こさせます。

「弱いものはいなくなればいい」という思想は、たいそう危険です。もしも優生思想が幅を利かせ、その時に「不要」とされた弱者が全員いなくなったとしても、次の瞬

間には必ず、別の弱者が見つけ出されるはず。身体の弱い人の問題だけでなく、

「お年寄りも、いりませんね」

「子を産む能力の無い女性も、不要です」

さらには「犯罪者も」「ひきこもりも」……と、いらない人リストは次々と拡大していくことでしょう。そして我々は、自分がそのリストにいつ入るのか、戦々恐々としながら生きていくことになる。

今回の事件は、とてつもなく大きな問題を、私達に突きつけます。私の周囲は今、まさに介護世代に突入しているのですが、親御さんを施設に入れている知人は言いました。

「障害者の人達と高齢者というのはまた違うとは思うけど、あの事件を見て、何とも言えない苦い気持ちになった。うちの親が、一度弱ってもうダメかも、となってから持ち直したことがあるんだけど、その時に私、正直言ってがっかりしちゃったのよ。いつまでこれが続くんだろう、って。でも、自分の親の死をどこかで望んでしまっている自分、というのがまた許せないわけで、気持ちは落ち込むばかり……。あの事件で、自分の中の傷がまたえぐられた」

と。

溢《あふ》れ出る優しさで弱者のお世話をする人達は、たくさんいます。しかし、疲弊によって優しさを絞り出すことができなくなった人もまた、いる。それでもその気持ちに蓋をしてお世話を続けることもまた清い行為だと私は思うのですが、今回の事件は、そんな人達の心をも踏みにじったのではないか。

人権というものは、様々な重荷も背負ってやってきました。弱い人も、強い人も、同じ人間。刺青をいれた無職の金髪男もまた、人間。自分も他人も同じ人間、と理解するほど難しいことは、ないのかもしれません。

記憶の中の角川映画

同世代の友人達とカラオケに行った時、「角川映画しばり」をしてみたことがあります。往年の角川映画のテーマソングしか歌ってはいけない、というルールなわけですが、薬師丸ひろ子や原田知世《はらだともよ》が歌った曲の数々、南佳孝《みなみよしたか》「スローなブギにしてくれ」、はたまたジョー山中《やまなか》による『人間の証明』のテーマソングまで（サビしか歌えなかった）、熱唱に次ぐ熱唱。

特に私は、薬師丸ひろ子主演の『Wの悲劇』の主題歌がお気に入り。朗々と歌い上げ、

「ああ、青春時代がフラッシュバック……」

「若者にこの感覚はわかるまい」

と、語り合っていたのです。

そんな角川映画世代の私がこの夏「おっ」と思ったのは、「角川映画祭」のニュー

ス。角川映画の第一作である『犬神家の一族』は一九七六年に公開されたのだそうで、それから四十年ということでの「祭」。往年の角川映画が、一ヵ月余にわたって、映画館で一気に観られるというではありませんか。

『犬神家の一族』という単語を見て、私はまた胸がきゅんとするような思いがいたしました。この映画が公開された時、私は小学生。この映画をきっかけに、横溝正史《よこみぞせいし》作品は大ブームとなったんだっけなぁ。おどろおどろしいムードが怖くて、だからこそ観たくてたまらなかったっけ。

横溝正史もの、薬師丸ひろ子や原田知世の青春もの、『野獣死すべし』や『蘇《よみが》える金狼』といったハードボイルドものなど、我が青春期における角川映画にはいくつかの系譜があります。松田《まつだ》優作《ゆうさく》が登場するハードボイルド系には「格好いい！」とうっとりしたし、『スローなブギにしてくれ』の浅野《あさの》温子《あつこ》にも、憧《あこが》れたっけ……。

そして私は、角川映画祭に足を運ぶことにしたのです。連日、朝から晩まで懐かしの角川映画のラインナップが映画館で上映されているため、どれを観るかは非常に迷うところ。

が、「やっぱりこれかな」と選んだのは、『セーラー服と機関銃』でした。本欄でも最近ちらと触れたこの映画、やはり機関銃を持った薬師丸ひろ子の姿と、「カイカン……」をもう一度見たいものよ、と。

上映前から角川映画のテーマソングの数々が流れたり、野村宏伸《のむらひろのぶ》さんが出演する映像が流れたり、観客のツボを刺激する仕組みが色々と。そしていよいよ映画が始まれば、ああなんと薬師丸さんが純朴で可愛《かわい》らしいことでしょうか。

そして上映開始後、しばらくして気づいたことが一つ。それは「私、どうやらこの映画を観るのは初めてのようだ」ということです。

タイトルもテーマソングも機関銃ポーズも、あまりによく知っていたもので、てっきりかつて観たと思っていたのですが、私は青春時代、実際にこの映画を観てはいませんでした。この映画は一九八一年の公開で、中学生だった私は部活の卓球に没頭しており、映画を観る趣味もお金もなかった。

ではなぜ、観た気になっていたかといえば、コマーシャルがあまりに印象的、かつその投下量が膨大だったからなのでしょう。テレビコマーシャルで、薬師丸さんが機関銃を撃つシーンや「カイカン……」という台詞《せりふ》に幾度となく接し、テーマソングも歌えるくらいになっていたから、すっかり観た気になっていたのです。

そう考えてみると、私はほとんどの角川映画を、実際に観たことがないのでした。だからこそ「観たーい！」と親は横溝正史シリーズには連れていってくれなかった。

いう気持ちが募《つの》ったのですが、実際にはテレビで放送された時にチラッと観た程度。ハードボイルドものには憧れただけで、デートで一緒に観るような相手もいなかった。

私は、大量のコマーシャルによって角川映画を観た気になり、かつその世界に対しての憧れを募らせていました。思い起こせば当時は、コマーシャルによって様々な世界に憧れたものでしたっけ。化粧品のコマーシャルでは、めくるめく大人の女性の世界に。炭酸飲料のコマーシャルでは、まだ見ぬ南の島でのアバンチュールに。ネット無き世の中には、まだ「憧れ」の余地が残っていた……。

そんなことを考えつつ観た『セーラー服と機関銃』は、新鮮でした。薬師丸ひろ子さんは、大変に可愛い。しかしそれは、異性の劣情をそそるような可愛さではありません。セーラー服とスカートの間から、何度もお腹《なか》がチラ見えするのですが、それも全くいやらしくない。同世代の男子達も、彼女のことを性欲絡みの視線で見ていた人はいないはずです。

「性」を超越した「聖」性が、薬師丸ひろ子さんの特別感の秘密だったのだろうなあ……と思いつつ、映画を観終わった私。つい上演スケジュールを確認して、「『汚れた英雄』って草刈正雄《くさかりまさお》のやつだ！　ジュリーの『魔界転生』も観たい〜っ！」と、さらに「祭」を続けるべく、計画を立てたのです。

リオオリンピックが熱く盛り上る、今年の夏。一方では渋谷のパルコが建て替えのために姿を消したりしたこともあり、我々世代にとってはノスタルジックな青春の記憶に浸《ひた》る夏でもあります。夏というのは常に、過ぎ去ってしまってからその熱がいかに甘美なものであったかに、気づくものなのですねぇ……。

「輪」と「おかげ」の日本人

暑い時は暑い場所へ行く主義の私。晩夏の京都を歩きました。

平安京の時代、東西の道を「条」、南北の道を「坊」と言ったわけですが、今回はとある「条」を東から西へとひたすら歩いてみました。するとあちこちに提灯《ちょうちん》が下がり、賑《にぎ》やかな感じが。

商家の倉庫、マンションの駐車場。……と、各町内の様々な場所に筵《むしろ》などが敷かれ、飾りつけされたお地蔵様が据《す》えられて、大人も子供も集うその行事は、地蔵盆というものです。

関西の友人から聞いた地蔵盆とは、「子供のお祭りみたいなもの」なのだそう。お地蔵様は子供を守ってくれるということで、町内ごとにお地蔵様を飾りつけ、子供達が一日楽しむ日になっているのです。お盆の後の土日に行われることが多いそうで、私がそぞろ歩いたのがちょうどその日。少し歩くだけで、地蔵盆に次ぐ地蔵盆と出会いました。

掲示板には、その町内の地蔵盆のスケジュールが貼ってあります。とある町内のスケジュールによると、朝七時からお地蔵様や提灯の飾りつけをし、十時には最初のおやつタイム&スーパーボールすくい。十時半には、数珠《じゅず》回し。十一時に一回目のビンゴ大会。十二時に昼食（流しそうめん、マクドナルド）、十三時半に自由工作、ミニゲーム。十四時半に二回目のビンゴゲーム。十五時に二回目のおやつタイム（かき氷）、十六時に子供福引（ふごおろし）、十八時半に大納涼会、十九時に花火大会、十九時半に大人限定大ビンゴ大会。……と、朝から晩まで遊び通し。これを全て、町内の人達で遂行するのです。

京都の人は、

「子供の頃は、そりゃあ楽しみやった。大人になった今は、地蔵盆の日は地元につきっきり」

と言っていましたっけ。

しかし今は、少子化の影響で地蔵盆も規模を縮小した町が多いようです。また、親が、

「ゲーム禁止やでェ！」

と叫んでいたり、子供が、

「ゲーム取り上げられた！」

と不満そうにしていたり。今の子供には、外で皆で遊ぶより、室内でゲームをする方が魅力的。地蔵盆は「ゲーム禁止のウザい日」なのかもしれません。

しかし午前も午後もビンゴ、そして福引だなんて、盆とクリスマスが一緒に来た感じではありませんか。「ふごおろし」とは、向かいの家の二階に紐を渡し、そこからふご（籠）に入った景品をひっぱって下ろすという、地蔵盆独特の福引方法なのだそう。

また「数珠回し」は、歌舞伎などで見ることがありますが、皆で輪になり、お経を唱えながら長い数珠を回すというもの。ある町では、ちょうど子供達が輪になって、数珠回しをしていました。チビッ子らは、わけがわからないながらも、きゃっきゃと数珠を回している。

これを見て私は、日本人の原点ってこの辺なのかも……と、思ったことでした。町内の人々が輪になって、一本の数珠を回すとは、まさに「和」を尊《とうと》ぶ日本人の特性を育《はぐく》むかのような行為。輪の中の人同士は深い連携が結ばれるけれど、輪の外の人との距離は、限りなく遠い……。

同時に脳裏に浮かんだのは、その時行われていた、リオオリンピックのハイライトシーンです。個人で決勝に残った人はいないにもかかわらず、四×百メートルリレーでは二位になった日本。「魂《たましい》をつなぐバトン」などと新聞には書いてあったっけ。決勝で負け、号泣しながら謝っていた吉田沙保里《よしださおり》選手。そして好成績を残しても、「頑張った甲斐《かい》がありました」とは言わず「みなさんのおかげです」を連発したメダリスト達。日本人選手達は皆、この数珠のような「輪」の中にいるのだ、と。「輪」ゆえに日本はリレーが強く、「輪」ゆえに吉田選手は謝罪した。

アスリートのインタビューで使用されるフレーズには流行があります。少し前には「楽しみたい」が流行ったのですが、今は勝っても負けても「次につなげる」がブーム。リオでも、「東京につなげる」と皆が言っていました。

それにも増して昨今、マストになっているフレーズが「みなさんのおかげ」です。私だけの力ではない。コーチや家族、応援してくれるみなさんの力が無かったら……、というもの。

素晴《すば》らしい心がけによる発言だとは思うのです。が、既に「言わなくてはならない」という風潮になっているのが気になるところ。私達は、試合後のインタビューでもっと選手達のリアルな勝負の実感を聞きたいのに、「おかげ」話で終始することもしばしばです。これもまた、出しゃばって「自分」を主張してはならない、皆の中の一人としての自分を忘れてはならない、という「和」そして「輪」の感覚からくるものなのでしょう。

「負けたけど、楽しめたのでよかったです」

といったアスリートの発言が批判にさらされてから、アスリートもめっきり、個人主義的な発言をしなくなりました。勝てば「みなさんのおかげ」、負ければ謝罪、という全体主義発言に戻ってきたのです。

地蔵盆を経験していようがいまいが、私達の心の中には、輪になって数珠を回す心象風景が焼き付いているのだろうなぁ。……と思う私もまた、輪の中にいると安心する者。地元への帰属意識がたぎる地蔵盆で賑わう京の街を、よそ者気分でさらに歩き続けたのでした。

澤《さわ》さんのCMにモヤモヤ

意外と長持ちする、オリンピックネタのトーク。ある三十代女性がしみじみと、

「吉田沙保里の敗戦を取り上げた番組の直後に、澤穂希《ほまれ》の例のコマーシャルが放送されたんですよ。それを見て私、どうにもいたたまれない気持ちに……」

と、言っていました。

〝例のコマーシャル〟というのは、澤穂希さんが、

「思ってた以上に、主婦って忙しいですね」

とキッチンで語っているもの。

私もこのコマーシャルには、衝撃を覚えました。ついこの前まで、「苦しい時は私の背中を見て」と、なでしこジャパンを率いていた、男前の澤さん。結婚後、妊娠されたという話は聞いていたけれど、「主婦になっちゃったの?」と、思ったのです。

同時に、そこはかとない〝裏切られた感〟のようなものも、私はこのコマーシャル

に覚えました。働く女性の仲間と思っていた澤さんが、

「下手に現役にしがみつかないで、主婦になっといてよかった！」

と、言っているかのような印象を受けたから。

もちろん澤さんは、そんなことは一言も言っていません。きっと出産後は、サッカーにかかわる何らかの仕事に復帰され、将来はなでしこジャパンの監督になってくれるに違いないのです。

しかしコマーシャルで満面の笑みを浮かべ、「主婦って……」と語る姿を見ると、どうしても裏切られた感が募り、そのせいかずっとそのコマーシャルは食器用洗剤のものだと思っていたのですが、実はシャンプーのコマーシャルだったのですね。

前出の三十代女性は、さらに言いました。

「吉田沙保里がマットに突っ伏して泣いている映像の直後に、髪をなびかせて『主婦って……』とか言う澤さんが映ると、ここまではっきり明暗がつくのか、という気持ちに。そして私は完璧に吉田沙保里側にいることを思うと、私の気分も重く……」

と。そういえば彼女も、とても優秀な働く女性で、気がつけば三十半ば、という身。

「澤さんの背景に、まるで『セーフ！』っていう吹き出しが見えるかのようでした。

結婚も妊娠も私は間に合ったのよ、っていう。あのコマーシャルでの澤さんの笑顔は、ワールドカップで優勝した時とはまた違う、人生に勝った！　っていう感じの微笑みですよね」

と、続けます。

その気持ち、私もよくわかる。三十代半ばというのは、結婚・出産に対して非常に微妙なお年頃です。いわゆる〝市場価値〟は、三十代半ばを過ぎたら、急激に下落。お見合い市場においては、「女が三十五を過ぎたら、妊娠の確率もどんどん低下する。お相手に五十代、六十代の男性がきても文句は言えない」のだそう。

澤さんの場合は、サッカーというキャリアをとことん突き詰め、「このまま独身でいるのかしら」と思われだした頃、三十代後半にして結婚、引退、そして妊娠。キャリア女性が夢想するサクセスを手にしました。コマーシャルでアピールされた結婚後の幸福ぶりに、澤さんの背中を見てキャリアを積んできた市井《しせい》の女性達は、ショックを受けたのではないか。

対して吉田沙保里さんは、リオオリンピックの時点で三十三歳。東京オリンピックの時は、三十代後半です。東京オリンピック後に速攻で結婚・妊娠となれば澤さんと同じ道を歩むことができますが、いくら努力しても勝負は水ものであるのと同様、結婚・妊娠もまた努力だけでは如何《いかん》ともしがたい部分があるもの。嗚呼《ああ》、女性アスリートの人生設計は、なんと難しいものでしょう。

澤さんのコマーシャルは、このように三十代独身キャリア女性をモヤモヤさせたわけですが、それは主婦も同じだったようで、専業主婦の友人は、

「『案外』って何なのよ『案外』って！」

と、イラついていました。彼女の頭の中では、澤さんが、

「主婦って案外大変なんですねー、もっとラクだと思ってたー」

くらいのことを言っていた、というイメージになっている。

「そりゃぁなでしこの主将にくらべたら何もしてないのと同じかもしれないけど、主婦だって大変なのよ！」

と、言っていました。

「『案外』なんて言ってないじゃん、『思ってた以上に、主婦って忙しいですね』って言ってたのよ」

と、私も一応訂正してみたのですが、

「主婦をナメてるっていう意味では同じよ！」

と、さらにプリプリ。

「いや、あなたみたいに若くして結婚した人は、結婚も子供も当たり前のことだろうけど、澤さんにしてみたら、やっとできたことなわけで、嬉しくてたまらないのよ。だからつい、ハイになってるんでしょう」

と澤さんをかばってはみたものの、

「子供産んだら、大変さがさらに何十倍にもなるんだからね！」

と、おさまらない様子です。

女性に好感度の高い澤さんを起用し、主婦は忙しい↓だから髪が手ぐしでまとまるとラク、という意図でつくられたこのコマーシャル。しかしキャリア女性からも主婦からも意外に反発されているわけで、女の髪も生き方も、上手にまとめるのは本当に難しいものですねぇ。

〈追記〉吉田沙保里さんは、東京オリンピックを待たずして二〇一九年に引退された。

感動ポルノ世代

以前、本欄に記したことがある、障害者のための情報バラエティー「バリバラ」。「24時間テレビ 愛は地球を救う」にぶつけるように、「検証!〈障害者×感動〉の方程式」という番組を放送したことが、話題になっています。障害者が、感動や勇気をかきたてる「感動ポルノ」のための道具となっていまいか、と、「バリバラ」は訴《うった》えたのです。

「やってくれた!」という感慨を得た、「バリバラ」好きの私。しかし一方では、24時間テレビにおいて何かに挑戦している障害者の人達を見ると目頭が熱くなったりもして、まんまとポルノに発情する者でもある。

普通のポルノと、感動ポルノの違い。それは、ポルノ女優は、見る人の欲情をかきたてようという自覚をもって映像なり画像なりに出ているのに対して、感動ポルノの主人公になる障害者達は、感動欲求をかきたてる為に何かしているわけではない部分でしょう。彼等は制作者側の意図によって、図らずもポルノの主人公になっているのです。

24時間テレビは、一九七八年にスタートしました。チャリティーの意識がまだ薄かった当時、それはずいぶん新鮮に見えたもの。以来約四十年、日本において、チャリティーの意味を浸透させた番組と言えましょう。

マラソン企画では、足をひきずり、つらい顔をしながら走るタレントさんを二十四時間、追い続けます。マラソンや駅伝といった根性系の競技も、日本人が感動ポルノのおかずにしがちなネタなのであり、「サライ」が流れる中でランナーが日本武道館に入ってくる瞬間に、視聴者は絶頂を迎えるのです。

特に今年は、ランナーの林家たい平《へい》さんを、病と闘う師匠のこん平《ぺい》さんが車椅子で出迎えました。ダブルの感動で、その絶頂感もまたひとしおだったものです。

このようなシーンを見ていると、24時間テレビは、感動ポルノであることを十二分に自覚した上で番組を作っているのだろうなぁ、と思う私。そんな番組と「バリバラ」が激突という現象は、視聴者をも自覚的にしてくれたのです。

感動ポルノを求める心理というのは、ここのところぐっと盛り上がってきている気がしてなりません。リオオリンピックが盛り上がったのも、「いっぱいイカせてくれた」から。

身近にいる若者達を見ても、私はその傾向を強く感じるのです。私は大学時代に体育会に所属していたのですが、後輩の学生達を見ていると、含羞《がんしゅう》なく感動に対してがっついている。

まずは新入生を勧誘する時点から、「心身が鍛《きた》えられる」といった理由からでなく、「誰よりも強い感動が得られる」から我が部に入らないか、といった手法。リア充ならぬ、感動生活の充実を訴えることが、何よりも効果的らしい。

そして学生生活で最も重きが置かれるインカレ直前には、四年生がSNSにおいて、一人ずつ自分の四年間を振り返り、同級生や先輩、後輩への熱い想いを綴《つづ》ったりしています。そして勝っても負けても、試合後はまたSNSに、感謝の気持ちを綴る。SNS慣れしている彼等は文章も上手く、私も読んでいて絶頂、じゃなくて泣きそうになるほど、感動的なフレーズが並ぶのです。

私の現役時代も、最後のインカレでは、たいそう感動したものでした。しかしせいぜい、試合後の号泣でその気持ちを表明するくらい。SNSがあるはずもないその時代、感動は一瞬で終わりましたし、誰かとシェアしようなどとは思わなかった。

しかし今の若者達は、自らの感動を他者にも分かち、そして反芻《はんすう》せずにはいられないのです。それはネットという環境があるからこそなのでしょう。

さらに昨今、若者の感動の現場には、必ず親がいます。後輩達のインカレの試合会場は北東北だというのに、各校の選手の親達が大挙、新幹線や飛行機で集結。声を張り上げて応援し、勝って泣き、負けて泣きしているのです。私の現役時代は、試合を見に来る親など一人もいなかったことを思うと、世の中は変わったぜよ、と思う次第。

そこでハタと思ったのは、感動ブームの隆盛は、この親世代がいるからなのでは、ということなのでした。今時の大学生の親とは、つまり私世代。それは十二歳の頃から「愛は地球を救う！」という言葉と黄色いTシャツを毎年、眺め続けてきた世代であるわけです。そんな感動ポルノと共に育った我々世代の子供達がスポーツに打ち込もうものなら、そりゃあ勝って泣き、負けて泣きするよね、と。

我々は、夏の終わりに毎年24時間テレビに接することによって、感動の快感なしでは夏が終わらないように。そしてその子供達は、「自分達はこんなに感動している」ということをネットでアピールせずにはいられないし、感動を手に入れられなかった若者は、反対にネットで他者をディスることで何かを発散するようになったのです。

とはいえ感動がとっても気持ちイイ、というのはまぎれもない事実。「親が試合で泣くなんてねぇ」などと言っている私ですが、二年後にかつての同級生の子供が最後のインカレを迎える時は、皆で試合会場に行って感動の絶頂に達するという計画を、今から練っているのでした。

卓球イメージアップの戦い

祝！　福原愛《ふくはらあい》選手ご結婚！

……と心から思っている私は、昔から愛ちゃんを尊敬する者であります。

子供の頃からメディアに注目され続けた愛ちゃんは、いわば子役のような存在。芸能界で「子役上がり」といえば道を踏み外してしまう人も多い中、卓球界の子役上がり・愛ちゃんはまっすぐに成長し、日本卓球界のエースに。そしてこの度は立派な青年と結婚ということとなったのです。

彼女の体型等を見ていると、身体能力や運動神経が特別に優れているタイプではない印象を持ちます。だというのにここまで来たというのは、彼女がいかに努力を積んできたかを示すわけで、やはり尊敬をせずにはいられません。

最近結婚をした若い女性によると、

「先に入籍をしてから皆に知らせるのが、今のトレンドです」

ということだったのですが、愛ちゃんの場合もそのトレンドに乗った模様。

「きっとオリンピックが終わったら入籍しようね、って彼と約束してリオに行って、頑張って戦ったのね」

と、私は自分の子供が結婚したかのようにホクホクしておりました。

……と、このように愛ちゃんに対する思い入れが深いのは、私の趣味が卓球だからです。中学時代は卓球部所属。大人になってから近所に卓球スクールのような施設を発見し、卓球のパーソナルコーチについて練習すること、早六年。オリンピックの解説で有名になったであろうチキータレシーブも、〝なんちゃって〟とはいえ打てる！

ですから今回のオリンピックでは、愛ちゃんのみならず、卓球というスポーツが盛り上がったことを、たいへん嬉しく思っていました。

「リオでは、水谷《みずたに》選手の試合に一番感動した！」

「卓球ってすごいのね！」

といった言葉を聞くと、「そうでしょうそうでしょう」などと、思わず卓球側に立って嬉しい気持ちになっていたのです。

思えば日本における卓球というスポーツは、中国という絶対王者との戦いをずっと続けていたと同時に、「地味」「ダサい」というイメージともずっと戦い続けておりました。が、そのイメージアップの戦いもまた、中国に対する戦いと同様、連戦連敗の印象が強かった。

たとえばある女子選手が、「卓球をおしゃれなイメージにしたい」と、妙に派手なウェアで試合に出場し続けていたこともありましたが、そのウェアが派手なだけで決しておしゃれとは言い難《がた》いデザインであったため、かえって卓球界のダサさを印象づけてしまったり。

また卓球好きの有名人というのも、「笑点」の小遊三《こゆうざ》さんとか福澤朗《ふくざわあきら》アナということで、「キャーすてき」系の人ではない。きっと他にも、有名人で卓球好きとか元卓球部という人はいるのでしょうが、その薄暗い過去を隠しているのだと思います。

しかしリオにおける卓球選手の活躍は、卓球イメージをおおいに向上させました。それを見て私が思ったのは、「強さこそが最高のカンフル剤」ということ。

愛ちゃんや石川佳純《いしかわかすみ》ちゃん等、女子選手は皆可愛らしいですが、特に派手なユニフォームを着ていたわけではない。そして水谷選手をはじめとした男子チームは、容貌的に特に恵まれているわけでもない。……けれど、強く、格好いい試合を見せたことによって、彼らは格好よく見えました。

スポーツの場合、無理におしゃれになろうとしたり、派手になろうとせずとも、ただひたすら強くなることが、イメージアップへの近道のようです。オリンピックの男子団体決勝では、水谷選手が中国選手に一矢報いたわけですが、その一勝はまた、ダサさとの戦いにおける一勝でもあったのではないか。

卓球人気の盛り上がりのせいか、とある青年漫画誌において今、卓球漫画が連載されています。そのダサいイメージのせいで、青春漫画の題材としてとりあげられにくい存在であった卓球がこんなに立派になって……。と、ここでもまた卓球側の気分になって、母心とともにページをめくっていた私。

ある回では、男子卓球部に女子マネ希望者がやってきて部員がびっくりする、という状況が描かれていました。確かに卓球部に女子マネがいるというイメージは薄いもの。女子マネパーソナリティーの女子達は皆、汗と土で汚れたユニフォームを洗濯したり、肉弾戦でできた傷を消毒したりしたいのです。彼女達が欲する銃後感は、血と汗と泥が混じり合うことによって発生する。

しかし卓球部は、汗はかけども泥にはまみれないし、血も滅多なことでは流れません。女子マネ希望者は皆無の部……ということで、「卓球部に女子マネ希望者」という椿事《ちんじ》は漫画になったのです。

卓球は今後も、女子マネ希望者が殺到するようなスポーツにはならないことでしょうが、それはそれでよいのだと私は思います。メジャーで格好いいスポーツの真似をせず、愚直にその実力を磨《みが》くことによって、いつの日か中国にも、そしてダサいイメージにも打ち勝つ日が日本卓球界にはやってくるに違いないと、私は確信しているのです。

五十歳になりました

　高畑淳子《たかはたあつこ》さんの息子さんの事件の折、女性週刊誌の広告に書いてあった、

「四十九歳と言われる被害女性」

という文章に、私は目を奪われました。なぜならその時、私は四十九歳。被害女性は四十代、という第一報を聞いた時も「すごい……」と思っており、同級生と、

「二十代男子をして〝性欲を抑えきれなく〟させる四十代美魔女って実在するんだ！ある種の物語の中だけの存在かと思ってた！」

などと語り合っていたわけですが、まさか自分とタメだったとは。

　その後、被害女性はどうやら四十九歳ではなかったことが伝わってきました。しかし相当きれいな人であることは、確かなのでしょう。

　そんな〝四十九歳ショック〟を経て、私は五十代にならんとしておりました。大台の誕生日は楽しい場所で……ということで、向かったのは石垣島。南の島で人生五十

年を寿《ことほ》ぐ、という趣向です。

時は台風シーズン。この時期に沖縄に行くのはかなりギャンブル性が高いよね……とは思っていましたが、「でもそういう時ってえてして『台風シーズンなのに快晴！』ってことになるものでは？」という甘い見込みで出発。旅程前半は良い天気で、海でもプールでも泳ぐことができたのです。

本欄を愛読してくださっている方に念のため申し上げておきますと、新しい水着を買おうとしてネット詐欺《さぎ》にひっかかったことを昨年記しましたが、詐欺の件がトラウマとなり、今年も新しい水着は買えていない私。十年モノの水着を着用し、泳いでおりました。

日焼けなどもうっすらしたところで、やってきました誕生日。五十代というのはさすがに感慨深いもので、ニライカナイの方を眺めながら、「よくぞ五十年も……」と、ご先祖様やら神仏やらに感謝の念を捧げます。

が、同時に色濃くなってきたのは、台風の気配でした。風は次第に強くなり、まさに風雲急を告げる展開。

「キター！」

と、生暖かい風を感じつつ、空を見上げます。天気予報でも台風は石垣島目指してまっしぐらに進んでいるので、翌日に予定していた帰京は明らかに無理そう。飛行機を一日先の便に変更し、ホテルには延泊をお願いしました。

翌日は本当に、台風直撃となりました。本場の台風は、さすがに強烈です。子供の頃は台風というと外に出て歩きたくなりましたが、今回ばかりは身の危険を感じる。泊まっていたのはコテージだったので、ホテルの人が頑丈な雨戸のようなものを閉めにきて、

「部屋から出ないでください」

とのこと。レストラン棟まで行くこともできないので、朝食はホテルの人が届けにきてくれました。風雨の音を聞きながら朝食をかじり、そうすると眠くなってきたので寝て、昼は前日に仕入れておいたカップ沖縄そばをすすり、そうすると眠くなってきたのでまた眠り……。

いい加減退屈ではあったので、こんなこともあろうかと持ってきていたDVDを観ることにしました。なるべく長いものがいいよねと、選んだのは『七人の侍』。外の嵐の音ともあいまって、感動は増幅され、「黒澤《くろさわ》、やっぱりすごい」「三船《みふね》、かっこいい」などと思っていたわけです。

観終わった後にDVD添付の解説書を読んでいた時、私は衝撃の一文を発見しまし

た。七人の侍のリーダー格は、志村喬《しむらたかし》が演じる島田勘兵衛《しまだかんべえ》。初老の風貌でどっしりと構えているのがとても格好よかったのですが、解説書によると勘兵衛は「そろそろ五十に手がとどく」という年頃だというではありませんか。「てことはタメ……？　ていうか今となっては年下……？」と、ここでも四十九歳ショック。

人生五十年の時代には、「そろそろ五十に手がとどく」といったら、人生の仕上げに入るお年頃だったのでしょう。島田勘兵衛も、だからこそ他人の命を預かり、自分の命を賭《と》して使命を果たした。

嵐の音を聞きながら、私は自らの年齢について思いを馳《は》せておりました。『七人の侍』の時代、四十九歳は人生のまとめの時期。しかし今の四十九歳は、二十代をも蠱《こ》惑《わく》しかねない時期。では自分はと見てみれば、そのどちらでもないところを茫洋《ぼうよう》と漂《ただよ》っているのだなぁ……、と。

嵐の翌日、無事に飛行機は飛び、東京に戻ってきた私。東京では豊洲の地下がびしゃびしゃだ、という話で持ちきりでした。一方で小池百合子都知事は、自身のことを支持した「七人の侍」を組織されたりもしていた。

「皆さんの命はしっかり守る、心配しないで」

とおっしゃっていた知事は今、六十四歳。しかしその見た目は、『七人の侍』の志村裔よりも、ずっと若いのです。

女性の平均寿命が八十七歳となった今、五十歳というのは人生の五十七%を過ごした寸法。それを人生五十年にあてはめてみると、二十八歳くらいか。

五十年は長かった、しかしまだ先も長そう。美魔女にも島田勘兵衛にもなれないけれど、近所の居酒屋の「パート急募」の張り紙を見たら「四十代まで」とされており、他の仕事も無理そう。これからもコツコツと書いていく所存の私であります。

謝罪と髪型

女友達とスキャンダル談義を楽しんでいた時のこと。もう年賀状やお節《せち》料理の広告も目につくようになり、今年も終りが見えはじめてきた中で、

「やはり今年は、ベッキーネタに尽きる」

ということになりました。たくさんのスキャンダルがあった年だったけれど、ベッキーさんの不倫スキャンダルは何と我々を楽しませてくれたことよ……。

そんな中、一人が言ったのは、

「しかし、いかんせんベッキーの髪は長すぎる。切ればいいのに」

ということでした。ペッタリ斜《なな》めの前髪もどうなのか、と。

するとまさにその翌日、ワイドショーを賑わせていたのは、ベッキーさんが広告で背中ヌード披露《ひろう》、というニュース。写真のベッキーさんは、ばっさりと髪を切っていたのです。

これを見て、私は一つの決着がついたような気持ちになりました。確かに私も、彼女の髪が腰まで届きそうなほどに長いことが、謝罪のたびに気になったもの。髪を切ったことによって、彼女の中でも整理がついたような印象を受けたのです。

日本において、謝罪と断髪は深い関係を持っています。特に男性は、約束を果たせなかった時などにも坊主頭にして、「気持ち」を見せたもの。あれはライトな切腹なのかもしれません。

私が学生時代に入っていた運動部でも、目標を達成できなかった男子は、坊主にさせられてしまったっけ（女子は、髪の毛十五センチ切り）。今となっては一気飲みと同様、学生に決して強制できない罰則です。

最近では、AKB48の峯岸《みねぎし》みなみさんがスキャンダル発覚後に坊主頭となったのが記憶に新しいところ。自主的とはいえアイドルが坊主という図に、禍々《まがまが》しさを覚えたものでした。

何かしでかしたからといって、女性に坊主頭になってほしいとは誰も思っていないわけですが、とはいえ謝罪に向かない髪型は確かに存在します。日本の謝罪会見は、お辞儀《じぎ》がつきもの。その時に、髪が揺れたり、頭を上げた時に手でかきあげなくてはならないような髪型だと、謝罪感が薄れるのです。

ベッキーさんはどうだったかと思い起こすと、最初の謝罪会見の時は、ハーフアップ的なスタイルで、髪の約半量を肩より前に垂《た》らしていました。そして二回目の仕事復帰会見の時は、前髪はきっちり斜めにまとまっているものの、他の髪は下に垂れた状態。そして「金スマ」に出演して中居正広《なかいまさひろ》さんと囲炉裏《いろり》ばたで話した時は、一つに結んで、結んだ髪を肩より前に垂らすというスタイル。

すなわち一連の謝罪期間中、ベッキーさんは常に、長い髪を肩より前、すなわち人から見えるよう垂らし続けていたのです。彼女にとって長い髪はお気に入りの部分だったに違いなく、だからこそ私達はその長い髪から、ベッキーさんの〝諦《あきら》めていない感じ〟を覚えたのでしょう。

その点、高畑淳子さんの髪型は、謝罪にうってつけでした。ショートカットなので、お辞儀をしても垂れてこない。前髪は多少バラつきましたが、その〝ヘアメイクさんが入っていない感じ〟に、彼女の苦悩がにじみ出たものです。

ベッキーさんもそうですが、謝罪の時の〝ヘアメイクさんが入ってる感〟というのは、謝罪者のイメージを決して高めません。中でもそれによって決定的に失敗してしまったのが、小保方晴子《おぼかたはるこ》さんでした。

小保方さんの場合は、謝罪と言うよりは説明のための会見であったわけですが、明らかにプロの手によるヘアとメイクが、特に女性から酷評されました。「芸能人でもないのに、この期《ご》に及んでそんなに見た目を気にするのか」という印象を与えてしまったのです。

その時の彼女の髪型は、巻きの入ったハーフアップスタイルでした。ハーフアップとは、頭の前方の髪はアップにして後方の髪は下ろしたままというもの。前半分できっちり感を、後ろ半分では女性らしさをアピールができて、便利な髪型なのです。

男性は「かわいい」としか思わなかったであろうその髪型ですが、しかし同性は彼女がなぜその髪型を選んだかを、素早く察知。後ろ半分を垂らして、しかも巻くという行為が、彼女の姿勢を示している、と。

「研究者としてのまっとうさをきちっとまとめた頭の前半分、つまり前頭葉で見せようとしながらも、頭の後ろ半分ではしっかり、〝女なんです〟とアピールしていた！」

と、同性だからこその厳しい視線が飛びました。

懐かしの佐村河内《さむらごうち》さんも会見の時は断髪していましたが、断髪さえすれば済む男性以上に、女性の「謝罪ヘア」は難しい。謝罪への評価が厳しくなる一方の昨今、ヘアメイクさん達もそろそろ、「哀《あわ》れみをそそる謝罪向けヘアスタイル」を開発すればいいのに、と思うのでした。

……とこのように、通常は七十五日ほど経過すれば忘れ去られるはずなのに、いつまでも反芻《はんすう》して楽しむことができるのが、ベッキーネタのすごさ。ま、他人の髪型などどうでもいいだろうというご意見もありましょうが、こうしてああでもないこうでもないと言い合うことが庶民は楽しいわけで、髪を切ったベッキーさんには今後また、おおいに活躍してほしいと思っております。

〈追記〉その後、斉藤由貴《さいとうゆき》さんの不倫会見時の髪型のボサボサ感も、一定の評価を得た。

本と人工知能

秋晴れの一日、福島市で開かれたブックイベントへ、トークショーをするために行ってきました。福島市には古書店が無いのだそうで、商店街の若者達が、「本の文化をもっと根付かせたい！」と、仙台や郡山、東京から古書店を招いたり、一箱古本市を開いたりしたのです。初めて開催されたイベントでしたが大盛況で、老若男女が楽しそうに本を選んでいました。

地元の新刊書店にも寄って、お店の方に少しお話をうかがってみると、

「この夏はオリンピック期間中、かなり厳しかったです」

とのこと。皆、オリンピックを見るのに夢中で、本にまで気がまわらなかったらしいのです。本のライバルといえばネットとされてきましたが、大きなイベントもまた本のライバル。消費者の限られた時間とお金は、奪い合いになっている模様です。

さらに書店の方は、

『読書の秋』と言われなくなって久しい時が経ってしまいましたよね……」

ともおっしゃっていました。私、秋といえば「読書の秋」と未だに思っていましたが、そのようなフレーズはもう、巷間《こうかん》では言われなくなっていたらしい。

いずれ消滅するとも言われる、紙の本。しかしネットネイティブではなく、紙っ子の私としては、「まさかそんなことはあるまい」と、たかをくくっていました。しかし実際に本の売買の現場にいる方々にお話を聞くと、「本、マジでやばいのかも」という危機感が湧《わ》いてくるではありませんか。

そんな中で、若者が本のイベントを開いてくれるというのは、大変有難いことです。

「本が読みたくなった！」

という参加者の声を聞き、本の内容や新刊・古書にかかわらず、本を読む楽しさをコツコツと伝えることは大切であることよ、と実感したのです。

そんなオールド・メディア派の私ではあるのですが、そんな私にこの秋に突然、画期的なＩＴ革命が到来しました。お誕生日プレゼントに、アップル・ウォッチをいただいたのです。

とらやの羊羹くらいの箱に入っていた、アップル・ウォッチ。開けてみれば、シンプルかつ未来的なフォルム。IT機器の導入が全て後手後手になっている私が、まさかこの時点で、ウェアラブル・ガジェットの持ち主になろうとは、思いもせなんだ。仏壇のご先祖様にもお見せしたい気分です。

とはいえIT弱者の私ですから、怖くておいそれと電源を入れることができません。しかしこれがあれば、ウォッチ上でメールを見たり検索したり、はたまたウォッチをかざして電車に乗ったりできるというではありませんか。

かつて「ジャイアントロボ」には、腕時計型の端末で操作している少年が出てきましたが、このウォッチに内蔵されているSiriに話しかければ、色々なことを答えてくれるに違いありません。頑張ってこのウォッチを活用できる人間になる、と誓《ちか》った私なのです。

昨今、人工知能の話題もしばしば目にしますが、iPhone内蔵のSiri（私はシリ子と呼んでいる）は、最も身近な人工知能と言えましょう。人がいる時に話しかけるのは恥ずかしいのですが、一人の時は私もたまにシリ子に話しかけて、お天気を聞いたりしています。

先日は、天気が不安定、かつ長時間歩かなくてはならないのに人前にも出なくては

ならない、というやっかいな一日の朝に着るものに迷い、

「今日は何を着たらいい？」

と、シリ子に話しかけてみました。こんな問いには答えてくれないに違いない、と思っていたのですが、シリ子は、

「自信を持って、姿勢をよくして、笑顔でいれば、何を着ていても素敵に見えますよ」

と、答えてくれたではありませんか。

シリ子のその声を聞いて、不覚にも私はジーンとしそうになりました。その通り、自信と姿勢と笑顔が大切なんだね、シリ子……と。猫のロボットをペットとして買った友人がいたのですが、その感覚もちょっとわかる気が。

試しに何度か同じ質問をしてみたのですが、シリ子はいつも同じ答えでした。が、きっとそのうち、人工知能はコーディネートのアドバイスもしてくれるに違いありません。愚痴《ぐち》を聞いてくれたり、人生相談にだって乗ってくれましょう。そうして次第に人間を支配していくようになるかも……というのが、人類が人工知能に対して抱いている不安であるわけですが。

しかし、たった一人でいる時、そして他人に頼れない気分になった時に、孤独を癒《いや》

してくれたりヒントを与えてくれたりするという意味では、人工知能は本と似たような働きをしてくれるのかもしれません。と言うより本とは、最も原初的な人工知能なのかも……。

今のところ、アップル・ウォッチを全く使いこなせていない私。そしてただ開くだけで、大昔の人々が残した言葉やら、胸が高鳴るようなストーリーやらに出会うことができる「本」という物体への愛着は、まだまだ捨てられそうにありません。本の中に出てきたわからない言葉を、腕時計の中に住むシリ子に聞いて、読み進める……。そんな新旧メディアライフを夢想しているところなのでした。

週刊現代ナイト

本連載も始まって十二年余、六百回を迎えることとなりました。連載をまとめた十一冊目の単行本『朝からスキャンダル』も発売になったということで、下北沢の「本屋B&B」で先日開催されたのが、「週刊現代ナイト」。本連載の現担当者であるIさん、そして二代目担当者で、今は週刊現代において芸能記事等を担当するTさんと共に、トークショーを行ったのです。

ふりかえれば今年は、スキャンダルが大豊作でした。読者をあっと言わせるような芸能ニュースが、次々と暴露されたもの。

Iさん、Tさん共に、かつては取材対象の張り込みなどして、キレの良いネタを仕入れていた人達ですから、まずは「張り込みとは?」ということについてお聞きしました。

車二台で張り込んで、一台が相手に気づかれたりまかれたりしても、もう一台で追いかけられるようにする、とか。特に女性記者の場合は、水分を控えてトイレ頻度を減らす、とか。トイレを借りやすいコンビニに詳しくなり、たまにナチュラルローソンがあると「今日は健康的なものが食べられる……」と嬉しくなる、とか。

新鮮なニュースを仕入れるためには、記者さん達のこのようなご苦労があるのです。スキャンダルは一日にして成るわけではないのですねぇ。

週刊現代といえば、ヌードグラビアも特色の一つ。私が連載を始めた頃は、「新体操ヌード」というものがしばしば誌面を飾っていたと記憶しますが、ヌードにおいても常に新しい切り口を探さなくてはなりません。

一度は、週刊現代からヌードグラビアが消えた時期もありました。女性読者の取り込みを狙ったのだと思いますが、おそらくは復活を求める声が多かったのでしょう、またヌードが登場して今に至る。

ネット上で、女性のあられもない姿がいくらでも見られる今ですが、しかし週刊誌のヌードグラビアには、印刷された写真であるが故の、独特のお色気が漂います。手にとって、顔に近づけたり離したりと、ためつすがめつ眺めれば、想像力が刺激されるのです。

本誌の読者は中高年男性が多いということで、ヌードグラビアにも読者の好みは反映されています。先日も島倉千代子《しまくらちよこ》さんのヌードが載っていましたが、往年の女優や歌手などの蔵出しヌードが人気の模様。そして今の若い人達は、いわゆる「ヘア」をつるつるにしている人が多いわけですが、本誌においては読者層のせいか、今風のつるつるより、昔ながらのもしゃもしゃを残したヌードの方が好まれるそうです。

毎週、週刊現代を手に取ってはいるものの、そのような裏話はなかなか耳にする機会が無いため、大喜びで聞いていた私。おしゃれな町のおしゃれな書店という会場にそぐわぬゲスい話が、次々と展開したのです。

活字メディアの苦境が伝えられて久しい現在ですが、スキャンダル豊作の今年、週刊誌はその勢いを盛り返してきたという話もあります。週に一度という頻度で、ゲスい話やそうでない話を読むという楽しみは、確かにあるのです。

週刊現代が創刊されたのは、昭和三十四年（一九五九）。新聞社系の週刊誌はもっと前から存在していましたが、週刊文春も同年に創刊され、その三年前には週刊新潮が創刊されるなど、昭和三十年代は出版社系週刊誌が次々と登場した時代。週刊誌ブームとなっていたのです。

新しいメディアは、いつも人々を夢中にさせます。週刊誌ブームの頃は、電車の中で週刊誌を読むのに夢中な人ばかりで、居眠りをする人が減ったのだとか。ちょうど今、電車の中で皆がスマホを見るように、当時の人は週刊誌を読んでいたのでしょう。

そして、新しいメディアのブームが到来すると必ず、批判的な意見も見られるようになります。ラジオが登場した頃は、皆がラジオに夢中になることに対していかがなものかと言われましたし、テレビが登場して一躍メディア界のスターとなれば「一億総白痴化」という大宅壮一《おおやそういち》の言葉が流行語に。そして週刊誌が流行れば、「エロ記事」「人権を無視した暴露記事」ばかり載るということが、槍玉にあがったのです。

週刊誌ブームの時代に、とある雑誌に載っていた週刊誌批判の座談会を読んでみたら、「週刊誌がこれ以上力を持ったら危ない」という発言がありました。暴露記事で人を傷つけ、猥褻《わいせつ》記事で「一億総発情」させ、犯罪をオーバーに書き立てて犯罪率を高めるのではないか、と。

それは、現在のネットに対する批判とも似ています。新しいメディアは一種の無法地帯となりがちだからこそ、人々のゲスい気持ちを掻《か》き立てる働きをするのでしょう。

芸能人のスキャンダルやエロ記事というのは、週刊誌ブームの時は目新しいネタだったものの、今の週刊誌にとっては「基本に戻る」という感覚で作られるネタなのかもしれません。「噂話」と「エロ話」は、確かに高尚な話題とは言えませんが、しかし人間が絶対興味を抱いてしまうものでもある。人間の根源的欲求をしっかり押さえている限り、週刊誌はこれからも息長く続くメディアなのではないかと、私は思います。

日本シリーズ、広島の夜

その日、広島行きの新幹線に乗るべく東京駅へ行くと、構内のそこここに、赤い人々の姿がありました。赤い人々の衣類やグッズには、「C」の文字。そう、それは日本シリーズ第六戦を応援するために広島へと向かう、カープファン達の姿だったのです。

対して私はといえば、縁あってファイターズの応援のために、広島へと向かう者。新幹線車内でも、赤い人達の姿はちらほら見えるものの、ファイターズファンの姿はゼロ。既にアウェイ気分です。

アウェイ気分は、広島駅に降り立った瞬間、弾《はじ》けました。構内にあふれるのは、赤い人の群れ。電車の行き先表示にはカープ坊やが描かれ、駅ビルのショーウィンドーに立つマネキンもカープのユニフォーム姿、そしてマツダスタジアムへと続くカープロードにあるローソンは、青い店舗であるはずが、赤くなっているではありませんかか。踏切の向こうに待ち構える赤い集団は、これから始まる試合への期待がムンムンで、「すわ、出入り？」という雰囲気です。

しかしそんな街の雰囲気は、私をもうきうきとさせるものでした。カープを広島の人達がいかに愛しているかが、真っ赤に染まった街からは、伝わってきます。原爆投下からの復興を目指してつくられた広島カープは、まさに市民の球団でした。広島という地に特に所縁は持たないものの、セ・リーグで応援している球団はカープであり、街に流れる「それ行けカープ」を、ついつい口ずさんでしまう私。そして赤という色はやはり、人の心を沸き立たせる効果を持っていますね。

広島駅から歩いて十分ほどの場所に、試合会場のマツダスタジアムは位置しています。かつて、旧広島市民球場最後の年に野球を見に行ったことがあるのですが、市民球場もまた、一等地にあったものです。新しいマツダスタジアムの立地を見ても、カープという球団を、そして野球を、いかに広島の人達が大切にしているかが伝わるよう。

球場に着くと、予想はしていたものの、本当に真っ赤っかになっていることに圧倒されました。三塁側に隔離されたように存在するビジター席だけが白っぽく、そこ以外は赤また赤。

そんな中で私は、三塁側とはいえ、何の因果かビジター席ではないシートに座っておりました。赤いカープファンの中で、寒色の私服姿の私は、太陽の中の黒点のよう。「すみません、場の空気を乱しまして」という気持ちになりますが、目視の限りでは、そんな蛮勇を持つ同類が他に四〜五人、存在していたようです。

広島にてカープが二勝の後、札幌に移ってファイターズが三連勝して王手をかけ、広島に戻ってきたという第六戦。ファイターズはこれに勝てば日本一ですし、カープはだからこそ負けられない……という試合が、いよいよ始まりました。シーソーゲームの展開となり、どちらのファンも安心できません。後ろの席のカープ女子達も、可愛い広島弁で懸命に応援していますし、球場の一体感が尋常ではない。

しかし八回表、四対四の同点の時に、カープのピッチャーの投球の乱れから満塁ホームランと、ファイターズが大量得点。思わず叫んだ私ではありましたが、周囲は静まり返っています。お通夜で大はしゃぎする人のようで、喜びの表現も控えめに……。

試合はそのまま終了。ファイターズが十年ぶりの日本一になったわけですが、隔離されたビジター席だけが盛り上がり、球場全体がお通夜ムードに。勝負が明日に持ち越されれば、黒田《くろだ》と大谷《おおたに》の投げ合いが見られたのに……という気持ちもあったことでしょう。

しかしほとんどのカープファンは、席を立たずに、ファイターズに対して祝福の拍手を送っていました。帰り道でも、こちらがファイターズファンとわかると、

「おめでとうございます、いいチームですね！」

「また来年、よろしくお願いします！」

などと声をかけてくださる赤い人々が。カープファン、なんて好い人達なのだ……と、目頭が熱くなります。それは「平和」の意味をよく知る広島の人達だからこその対応なのでしょう。

カープとファイターズは、地元密着という意味で、似たカラーを持つ球団です。そしてお金をかけてスター選手を揃《そろ》えるのでなく、若いうちから選手を自前で育てていくというスタイルも一緒。両球団とも、「アンチ」の人が少ない、人に好かれるチームなのではないか。

地方の苦況が伝えられることが多い今、地域の人達の気持ちをまとめる力を持つスポーツチームの存在は、貴重です。北海道の場合は、人口減少率が過去最大となっただけでなく、今年は台風で甚大な被害を受けました。そんな中でのファイターズの活躍は、希望となったに違いありません。

一夜が明けて広島を歩いていると、耳に入るのは「カープが負けて残念」という、

市民達の会話の断片でした。東京で生まれ育ちつつも、東京（とか巨人）に愛着を持つわけでない私には、その感じが何か、羨《うらや》ましい……。

カープ坊やが可愛くて、カープチョコレートやカープ消しゴムなど、お土産をたくさん買い込んで、帰京の途についた私。ありがとう広島、また来年に……！

モテ国家への道

訪日外国人の数がとうとう、年間二千万人を突破したようですね。ずいぶん長い間、行われている気がする「ビジット・ジャパン・キャンペーン」。二〇〇三年に開始した頃は、日本を訪れる外国人は五百万人ちょっとしかいなかったことを考えると、キャンペーンの成果は著《いちじる》しいものがあります。

東京にいても、ここ数年は明らかに外国人観光客の姿は増えていると感じられます。少し前の「気まぐれコンセプト」で、

「十年後、太った男がCM女王になり、オリンピックで日本が四×百メートルリレーで銀メダルを取る……」

などと言った十年前の占い師が、その時は「いい加減なことを言うな！」と非難されていたのに現実になりました、という漫画がありました。同じように、

「銀座は中国人だらけになって、ドラッグストアの商品が売り切れるでしょう」

という占いが十年前に出ていても、私達はその時は信じなかったことでしょう。

訪日外国人が増加しだした頃、我々は「見られる」ことにまだ不慣れでした。ビジット・ジャパン・キャンペーン開始当初は、外国に出かける日本人は千六百万人超だったのに訪日外国人は五百万人ちょっとということで、明らかに「非モテ」状態だったのが、努力の結果だんだんとモテるようになってきた日本。観光客数世界一のフランス（ちなみに、年間八千四百万人超）のように「モテて当たり前」という国は、自らの国を賛美する人々が世界中からどれほどやってこようと「当然でしょう」と泰然としていますが、日本のようなモテの成金国は「えっ、日本なんか見て、面白いんですか？」と、オドオドしていたのです。そしてモテ慣れていない悲しさ、「どうにかしておもてなししなくては」と、大騒ぎになった。

しかし最初に東京でオリンピックが開かれた頃、日本人のオドオドは、そんなものではなかった模様です。あわてて高速道路や新幹線をつくったりと、東京にそして日本に厚化粧を施したことはよく知られていますが、それだけではない。オリンピックで外国人がたくさんやってきたら↓東京の若い女性達が、のきなみ外国人に「されて」しまうのではないか。……という不安が募ったらしく、東京都では女性の貞操を守るためのパンフレットやら映画やらを作って、啓蒙活動に努めたのですから。

それはおそらく、敗戦後に進駐軍が入ってきた途端、いわゆる「パンパン」などの日本女性が米兵にうっとりとなっていたことの記憶が残っていたからなのでしょう。ついこの前まで「鬼畜米英」とまなじりを決して竹槍など持っていた女性が、戦争終了と同時に米兵にしなだれかかる……という残像があったからこそ、オリンピックで外国人がやってくる→それは大変だ、ということになったのではないか。

しかし、それから幾星霜。日本女性が外国人に弱いという傾向はまだ見られますが、「貞操」というもの自体に、それほどの価値がなくなりました。二千万人の外国人がやってきたからといって、日本女性の貞操を心配しなくてもよい世の中にはなってきたのです。その代わりに、宿泊施設の不足からくる民泊の問題やらマナーの問題など、予期せぬ問題が発生するように。

観光地でも、意外な場所が外国人にモテたり、反対に「日本人にはモテるが外国人にはモテなかった」という地があったりと、モテ格差が生じるようになりました。たとえば北海道は、台湾やシンガポールなど、雪が珍しいという国の人に大人気の様子。そして私は先日、高知に行ってきたのですが、高知で最も有名な観光地である桂浜に行っても、外国語は全く聞こえてこなかったのです。

桂浜と言えば、もちろん坂本龍馬《さかもとりょうま》。初めて桂浜に行った人は、予想以上に巨大な龍馬像に驚くものです。日本の明日を見つめるような龍馬の姿は、幕末好きの人々にとってはたまらないもの。その日も龍馬は、秋晴れの青空をバックに、堂々と立っていました。

しかし日本人なら誰もが知る坂本龍馬は、外国人からすると「?」という人です。我々が外国で偉人の銅像を見ても「ふーん」としか感じないのと同様に、「江戸時代から明治に移り変わる時に活躍した人でしてね……」と説明しても、日本オタクでなければ「ふーん」で終ることでしょう。今であれば、龍馬よりもピコ太郎《たろう》の方が、外国人にはよっぽど有名なのです。

高知は、空港からして「高知龍馬空港」と、「龍馬」というキャラクターを前面に押し出す県。しかしシャルル・ド・ゴール空港とかジョン・F・ケネディ空港とかに比べると、どうも国際的知名度には欠けるきらいが……。

しかし、諦めるのはまだ早い。日本国は、二〇二〇年までに訪日外国人四千万人を目標にしているようです。その頃には日本オタクも増えて、バクマツブームが到来するかも。日本の「赤毛のアン」オタクがプリンス・エドワード島に押し寄せるように、「オー、リョーマ!」と外国人が高知に押し寄せるようになった時、やっと日本もモテ国家としてオドオドしなくていいようになるのではなかろうか。……と、日本

人ばかりの桂浜において、

「日本の未来はわからんもんですね、龍馬さん」

と、語りかけていた私でした。


〈追記〉オリンピックイヤーの二〇二〇年、新型コロナウィルスの影響により、日本を訪れる人は激減。東京オリンピックは延期になった。

男の子の天井、女の子の天井

トランプ氏がアメリカ大統領選挙に勝った、というニュースが流れた日、私は友人とキノコ料理を食べに行く約束をしておりました。トランプ勝利に少なからぬショックを受けていた我々は、杯を合わせる時も、ほとんど「献杯」という感じのしめっぽさ。アメリカのための葬式気分です。

ヒラリーさんは女だったから負けたのだ、という論調がありましたが、私も「そうなのでしょうねぇ」と思う者です。ヒラリーさんと同じ資質を持った男性が民主党の候補者であったら、きっとトランプ氏に勝っていたのではないか。ガラスの天井という言葉がありますが、社会がつくる天井が、アメリカにもまだ存在していたのでしょう。

ガラスの天井には、社会がつくるものの他に、女性が自分でつくるものもあります。女性達自身が、

「ま、女だから目立たないようにしていた方が無難だわ」

とか、

「責任は男性に負ってもらった方がラク」

と、一定の役割以上は担わないようにする、というケースもままある。

我が身を振り返っても、自主的にガラスの天井を張ることはあるのです。一座の中にトランプ氏的パーソナリティーの人がいる時は、いわゆるひとつの「男を立てる」という作業に徹し、自分は決して目立たないように後ろの方でちんまりしていたり。トランプ氏的パーソナリティーの男性に一泡吹かせてやろう、などと思っても面倒臭いだけなので、心の中でハゲの呪《のろ》いをかけながらも、かかわらないようにするのでした。

対してヒラリーさんは、堂々とトランプ氏と戦って負けました。毀誉褒貶《きよほうへん》のある女性ではありますが、満身創痍になることがわかっている戦いに挑むだけでもすごい、とは思います。

日本においても、男女の差異だの差別だのというものは、次第に少なくなってきてはいるのでしょう。私は毎年、近所の区立小学校で開かれる、子供の職業意識を喚起するための行事に参加しています。色々な仕事に就く大人達が六年生と話をして、

「仕事ってこんなもの」ということを説明するのです。毎年、細々とではあるけれど「物書きになりたい」という子供がいるらしく、私にもお呼びがかかっている。他にもゲームクリエイター、獣医、建築家など、様々な大人が講師としていらっしゃるのでした。

プロ野球選手やサッカー選手になりたい子供も多いわけで、東京ヤクルトスワローズやFC東京からも、毎年選手のOBなどがやってきます。そんな中でFC東京の方が、

「今年は女の子も話を聞きにきてくれて、嬉しかった」

と、おっしゃっていました。例年は、サッカー選手のところに話を聞きに行くのは男子ばかりだったけれど、女の子も職業としてのサッカー選手に興味を持つようになった、ということなのです。

これはもちろん、なでしこジャパンの活躍によるところでしょう。私が子供の頃を考えれば、サッカー選手を夢見る女の子など皆無だっただけに、時代の変化を感じます。

さらに昔を振り返るならば、私の母親くらいの年代の人々の場合は、女性が職業に就くことを忌避《きひ》する傾向すらあったわけです。クラシックな家庭では、女性が就職な

どしてしまうと臭みがつくからと、学校を卒業しても「家事手伝い」という肩書きで娘を家で過ごさせるパターンもありました。女性が就職したとしても、結婚を機に辞める人がほとんどだった。

その頃は、「共稼ぎは恥」という認識が男性にもあったのだそう。男のメンツに懸けても、男性は結婚相手に仕事を辞めてもらいたかったらしいのです。

そのような時代を経て、今は男であれ女であれ、仕事を持つのは当たり前のことになりました。小学校のイベントには、講師としてこども園の先生や、看護師さんもいらっしゃるのですが、従来は女性向けとされたその手の職業の方々のところに男子が話を聞きに行っているのを見ても、男女の差が減っていることを感じます。

しかし何年かこのイベントに参加している中で、「政治家」が招かれているのは一度も見たことがありません。事前に、六年生達が興味を持つ職業を聞いて講師達を集めるそうですから、政治家になりたいという子がいないのでしょう。果たしてこの中から、未来の政治家が出るのかどうか……。

さらに思うのは、主婦とか主夫も、講師として来てもいいのではないか、ということ。将来の夢はお嫁さん、という女の子は少なくなりましたが、主婦になる子はまだいるはず。女が働いて男が家事、というケースも増えることでしょう。男も女も家事はできないとね、という教育もまた必要なのかも。

……などと思いながら、私はとある子供から、

「エッセイストって、どうやったらなれるんですかー？」

との質問を受けたのでした。が、エッセイストってどうやったらなれるんだっけ？　と考えると実はよくわかっておらず、答えはしどろもどろに。男女の区別なくできる職業の一つである物書きですが、この中から将来、物書きになってくれる子は果たして出てくる、のかな……？

「二十四時間」時代の終わり

仲良しの同級生Aちゃんの実家と我が実家は、同じ道に面しています。我々が高校生時代、その道は親達によって「シンデレラ・ストリート」と呼ばれていました。そのココロは、「娘達が夜の十二時前には家に帰ってこないから」。かといって、シンデレラのように十二時に帰ってくるわけではなかったので、名前に偽りアリ、だったのですが。

なぜ娘達は十二時前に帰宅しなかったのかというと、両家ともに自由な考えを持つ親だったため、好きなだけ遊ばせてくれたからなのです。六本木や渋谷といった華やかな街へ行く日もあれば、地元をうろつくこともしばしばでした。

飲酒をするような不良ではなかったので、地元で我々がよく行ったのが、ロイヤルホストです。家で夕食を食べた後、

「ちょっとお茶するー?」

と、十時頃からAちゃんとロイホで〝夜お茶〟して、延々とおしゃべり。試験勉強と称して、ロイホで夜明かししたこともありましたっけ。

そんな我々は、行きつけのロイホのメニューからバイトさんの顔ぶれまで、しっかり把握しておりました。長《なが》っ尻《ちり》の客として、さぞお店からしたら迷惑だったことでしょう。

そんなロイヤルホストですが、東京の店舗数が減ってしまい、寂しい思いをしていた私。高校生時代に行きつけだった店舗も、既にありません。

今も近所に住んでいるAちゃんとある日ランチをしていると、

「ロイヤルホスト、二十四時間営業やめるんだって」

というニュースを教えてくれました。定休日を設けることも検討されているのだ、と。

「時代の流れなのねぇ」

と、我々はロイヤルホストではないお店で語り合ったのです。

今や三児の母となったAちゃんは、

「私、高校生の息子の帰りが九時を過ぎただけで激怒しちゃうけど、あの頃の私達って何だったんだろうね」

と言います。今時の高校生は、コンビニの前などでたむろするくらいなのか。ロイホの二十四時間営業廃止は、当然の流れなのでしょう。人口減少時代の今、無理に二十四時間営業などしようとしたら、ブラック化は避けられまい。昔の我々のように、深夜にふらふらする若者も減っています。

「今時の高校生は、基本『家でまったり』が好きだから。ロイホなんて、行かないわよ」

と、Aちゃんは言うのです。

確かに私も、若い頃は「きゃっほう！」という感じで二十四時間営業の店を利用していましたが、今となっては本当に必要なのか、と思う。我が家の近所にも、二十四時間営業の衣料品販売店などありますが、「昼間に買えばいいのでは？」と思うし。

ロイホのみならず、今は様々な面において縮小&統合の時代に入っていることを感じさせられます。たとえば先日、私は手にも髪にも使えるクリーム、というものをもらったのです。ハンドクリームとして塗ったら、その手で髪を整えれば、髪もまとまる。おお、これは便利。

化粧水、美容液、乳液、クリーム、アイクリームにBBクリームに……と細分化しまくっている化粧品ですが、私は「もっと兼任してくれていいのに」と思ったことでした。

若い頃は、旅の荷物を減らしたい一心で、化粧水、乳液、クリーム、ボディローション、コンディショナーの五役を全てボディローションで済ませていましたっけ。ついでに言えば、洗濯石鹸《せっけん》とボディソープは、シャンプーで兼用。しかし特に問題もなく、旅ができたのです。

私は一本のボディローションを様々な使い道にシェアしていたわけですが、昨今の若者は、一つの物の所有権を複数人で分ける、というシェアが盛ん。部屋も車も、時には服もシェア。一人が全てを持っている必要は無い、と思っているのです。

そんな若者は、お店が二十四時間開いている必要性も、感じないことでしょう。そもそも夜は静かで暗くて、寝るための時間でしょう？　と。

私達の若い頃は、「夜は暗い」ということに反抗する時代でした。経済は右肩上がり。日本中すみずみまで開発し、夜はどんどん明るくしていこう……と、様々な業種で二十四時間化が進みましたっけ。

しかし時代は変わりました。東日本大震災後は、省エネの動きが進行。東京人は初めて、「夜って暗いんだ」と知ったわけですが、ほとぼりが冷めれば、またぞろ夜の明るさが復活……というところでのロイヤルホストの二十四時間営業廃止は、良いニュースなのだと思う。太陽という天然の光があるうちに人は行動をすべきだ、ということを、ロイヤルホストは思い起こさせてくれたのです。

Aちゃんも私も、かつてロイヤルホストで夜明かしした元気はどこへやら。最近はもっぱら、日のあるうちにランチをし、

「昔はよく六本木なんて行ってたよね〜」

などと言い合っています。

もう少し経ったら、我々も今度は朝早く目が覚めて、夜よりも朝の時間をもてあますようになるのでしょう。

「ロイヤルホスト、朝四時から開けてくれないかしらね？」

と、おばあさんになった我々がシンデレラ・ストリートで、よぼよぼしながらつぶやいているような気がしてなりません。

家事力がある男性

女友達の一家が住む町へ、一泊旅行をしてきました。空港に着くと、友達の夫が車で迎えに来てくれています。友達は仕事で忙しかったということで、しばしお休み中とのこと。

夫は、色々な場所に案内してくれた後、アテンドを妻にバトンタッチ。私達が宿泊する旅館まで送ってくれると、仕事に戻っていきました。

この日、妻は私と一緒に旅館に泊まることになっています。その間、子供の面倒は夫が見てくれるとのこと。

「本当に優しいね……」

と感動していると、

「うち、ずっとこんな感じだし。あちらも、自然にしていることじゃないかな?」

と、「当たり前ですが」という感じで友人は言います。

確かに彼女を見ていると、子供がある程度大きくなったこともありますが、長期の出張も普通に行っている。

「子供は、私よりお父さんの方になついてるかも」

とも言うのです。

彼女は男の子の母親ですが、このような環境で育った男の子は、自然に家事をするようになることでしょう。私は密かに、「そういう子とうちの姪《めい》が結婚してもらいたいものだ」などと考えていた。

男の子を持つ専業主婦達が、

「息子がキャリアウーマンと結婚するのって、嫌だわ」

「息子が家事とかさせられるのは、可哀想」

と語り合っているのを聞いたことがあります。その手の主婦はきっと、自分の娘が仕事を持ったまま結婚し、それでも家事を全て担ってヘトヘトになっても「可哀想」とは思わないのかもしれません。

知り合いの働く女性も、夫の母親から、

「○子さん、いつになったら仕事を辞めてくれるのかしら？」

と言われて、

「『誰のお陰でこのマンションが買えたと思ってるんだっ！　お前の息子の稼《かせ》ぎだけじゃ無理に決まってンだろ！』って喉元まで出かけた」

と言っていましたっけ。

家庭科が男女共通の必修科目となったのは、中学が一九九三年、高校がその翌年です。それ以前に教育を受けた世代は、「家事は女が」という感覚が強いのかもしれません。私より一世代上の女性は、キャリアを持っていても夫に家事負担をさせることを拒み、額に青筋を立てて家事をしていたものですが、しかし時代はじわじわと変わってきているのです。

旅行から帰った翌日、今度は新婚家庭へのお呼ばれがありました。その昔、同級生が結婚しだした頃、新婚家庭を訪問するというイベントがよくありました。新妻は、張り切って作った割に今ひとつ美味しくないという初々しい料理を並べてくれていたもの。今回もちょっと緊張気味に、マンションを訪ねます。

すると、飲み物のサーブからお料理まで、担当してくれたのは夫でした。テーブルの上には美味しそうな鍋がくつくつと煮え、火加減の調整まで、こまめに夫がしてくれている。妻はもっぱら、私とのおしゃべりを担当しています。一人暮らし歴が長いということもあって、夫の手料理はとても美味しいのです。

この新婚カップルは、妻二十代、夫三十代。聞いてみると、妻の方が仕事で外に出ている時間が長いということもあって、家事の負担率は夫の方が多いとのこと。

「料理も、この人の方が上手なんでつい作ってもらいがちで〜」

と、妻はにこにこしています。

姑《しゅうとめ》が見たら、彼女の姿にカチンとくるかもしれません。しかし私の目には、あらまほしき夫婦像に映りました。時に応じて、家事はできる方がする、ということでいいのではないか、と。

上の世代を見ていると、家事力の無い男と経済力の無い女は、配偶者に何かあった時、途端に困窮しがちです。仕事しか／家事しかできないという人は、配偶者がずっと生き続けるものと信じていますが、そうはいかないこともままあるのですから。

配偶者が途中でいなくなり、「経済力だけある男」や「家事力だけある女」が残された時、悲惨度が高いのは、しかし前者であったりもするのです。家事力があると、安い素材を工夫して料理し、掃除洗濯もして、貧しくても小綺麗に暮らすことができる。対して経済力しかない人は、その経済力がお手伝いさんを雇うほどではない場合、買ってきたもの、それも自分の好きなものばかりを食べ続け、ぶくぶく太ったり健康を害したりして、家はゴミ屋敷化……。

東日本大震災後の避難所において、男性は呆然とテレビを眺め続けるのに対して、掃除やら炊き出しやら、女ばかりが手を動かしていた、と東北の知人は言っていました。家事力が無いと、極限状態でもお手上げ状態になってしまうのです。それとも「どんな時であれ、家事は女がするもの」という感覚だったのか？

しかし、

「そんな中で、料理なんかもとっても上手な漁師のおじさんは、すごく格好よくて株が上がった」

とのこと。確かに今、「やらされている」もしくは「やってあげてる」感を漂わせずに、当たり前に家事ができる男性というのは、素敵に見えるもの。モテるためという意味でも、家事能力は必要なのかもしれません。

お酒という麻薬

高樹《たかぎ》沙耶《さや》逮捕、ＡＳＫＡ再逮捕と、薬物関係のニュースがあとを絶ちません。高樹沙耶と言えば、私が高校生の頃に読んでいた雑誌「ＰＯＰＥＹＥ」に、モデルとして登場していて、「何て素敵な人！」と思ったものです。それから幾星霜、彼女にも色々なことがあったのですね……。

先の参議院選挙に立候補した時は、大麻の有用性を訴えていた彼女。確かに、アメリカでは大麻の所有が違法でない州もありますし、オバマ大統領も、

「かつては吸っていた」

と発言したことがありましたっけ。

もしも日本で、安倍《あべ》首相が、

「私もかつては大麻を吸っていたものです！」

などと言ったら退陣は避けられないでしょうが、日米で大麻に対する感覚は大きく

異なる模様。日本で言うならば、

「私も子供の頃は他人の庭の柿をとって怒られたものですよ」

程度の罪なのか？　それとも、

「実は私も、ソープランドに行ったことがあります」

くらいの感覚なのか……？

私の知人にも、高樹沙耶的な感覚、すなわち「麻という植物の有用性を皆にわかってもらいたい」という意識を持つ人がいます。彼のSNSを見ていると、世界中のあらゆる麻情報にキャッチアップすることができる。

先日、長野のとある集落で「麻、大好き！」な人達が二十二人逮捕されたという事件がありましたが、彼もその手の人達とは心が通じているのだと思います。逮捕された人達は、地元民の評判は悪くなかったということでしたが、私の知人もラブ＆ピースを愛する温厚な人だしなぁ。

大麻と覚醒剤の間には、かなりの違いがありそうです。世界的に見ると大麻が合法化されている国や地域があるのは、だからなのでしょう。

しかし大麻が禁じられている日本の法の下においては、「法を守ることができない」のは、やはり悪。そして大麻吸引者の中には、植物としての麻を愛すると言うよりは、「飛ぶ」ことができれば何でもいい人もいるわけで、違う薬物に手を出す道筋ともなりかねません。

しかしそんな中、忘年会の帰りに地下鉄に乗っていた時のこと。車内で、酔っ払い同士の喧嘩《けんか》が始まりました。片方は三十代くらいの男で、片方は若い女。何がきっかけなのかはわかりませんでしたが、女の発言に激昂《げっこう》した男が、

「お前は何様のつもりだぁッ、このブスが！」

と叫ぶと、女を突き飛ばしたではありませんか。手すりに頭をぶつけてうずくまる女、さすがに周囲の人が止めに入り、車内は騒然と……。

というところで私が下車する駅となったのですが、そのようなシーンを見て、心が寒ざむとしたことでした。駅を歩きながら、「人をあんな風にしてしまうお酒が、どうして合法なのかしらね……」と思った。女を突き飛ばした男が駅で電車を降りれば、翌日から彼はまた普通に生きていくことでしょう。

飲んではいけないのに飲まずにはいられない人。飲むと暴力的になる人。……そんな人達を見ていると、飲めない私としては「お酒も麻薬の一種なのでは？」という気がしてなりません。お酒の席で、普段は常識的で温厚な人が急に下ネタや人を攻撃するような発言を連発するようなことがありますが、そんな姿を見ても、シラフとして

は恐怖のようなものを感じる。

お酒を飲まない私に、「人生の楽しみの半分は知らない」とか、「下戸の人って、よくシラフでセックスとかできるね」などと言う人がいます。が、酒を麻薬と考えるならば、その人の人生の楽しみの半分は麻薬で構成されていることになるし、飲酒後のセックスというのは、単に「ラリッてやってる」ということでしかないのではないか。

ストレス発散も必要な人の世において、お酒は、法的に認められたほとんど唯一の麻薬なのだ、と私は思っております。年齢制限はあるけれど、大人ならば誰でも飲めるし、摂取量に制限は無し。アル中の人も、暴力的な人も、いくらでもお酒を買ったり飲んだりすることができるのです。

とはいえそれは法律で認められていることですので、アル中の人も暴力的な人も、どんどん飲んでいただいていいのです。我々は自分自身の手で、その手の人達から身を守らなくてはならないのであって、酔っ払いの被害に遭《あ》うのも自己責任。

そんなわけで、お酒という麻薬でラリッた人々が大量に発生するこのシーズン、夜の電車で注意を怠《おこた》るわけにはいきません。酔っている人からはなるべく遠くに離れるのは基本。特に下を向いている人には要注意。突然のリバース、という悲劇も発生しかねないからです。

お酒でラリッた人がぎゅうぎゅう詰めになっている東京の電車よりも、麻が大好きな人が住んでいた長野の集落の方がよっぽど平和なのだと思います。しかし、酒は合法で大麻は違法というのが、日本の決まり。酒中毒者は、法律から会社のノルマまで、「決まりを守らなくてはならない」というプレッシャーに日々さらされているからこそ、お酒で現実逃避をせざるを得ないのだろうなぁと、酔っ払いの充血した目を見ていると思うのでした。

同窓ディスコ会

「ディスコ人気復活！」とのニュースをネットで見ました。が、おそらくディスコ人気は、ここ十年以上は復活しっぱなしのような気がする私。

流行というものは、それが終って二十年ほどは生腐れ臭がして近寄ることができないのですが、二十年が経過するとすっかり乾いて復活させても恥ずかしくなくなり、むしろお洒落な感じにすらなるもの。数年前も、様々なアーティストがディスコをテーマにした曲を出していた時期がありましたっけ。

バブル世代の私は、すなわちディスコ世代。バブルでディスコと言うと、ボディコンの人がお立ち台に乗って扇子《せんす》を振る、というイメージが強いかと思うのですが、それは九〇年代のディスコです。私はその時代は既にディスコからは引退しており、好きだったのは八〇年代のサーファー系ディスコ（っていうのがあったんですよ）。「ナバーナ」、「ネペンタ」、「キサナドゥ」といった単語に郷愁を感じる同輩も多いのではないでしょうか。

　とはいえそんな細かな差異は若者から見ればどうでもいいわけで、アラフィフはざっくり「ディスコ世代」とされている。そんな我々の周囲ではここ十年、確かにディスコイベントが開催されがちです。

　先日も麻布十番の某クラブにて、同窓ディスコ会が開催されました。そしてついつい私も、同級生達と足を運んでしまったのです。

　この手の催しの場合、悩むのは「何を着ていけばいいのか」ということです。ドレスコードは「八〇年代」。バブル世代は自虐慣れしていますから、「平野《ひらの》ノラばりの格好をしてきてね！」という指示が飛びます。

「了解、膝上二十センチさらにはピンヒールで」

「しかもワンレン」

　などとLINEが飛び交いますが、「とはいえ、ねぇ……」と、ちょっと短めスカート、でもタイツ着用、といったお茶濁しファッションに着地。

　到着したクラブは、既に盛り上がっていました。社会においては何かと、

「バブルって感じですね〜」

　と下の世代から揶揄《やゆ》されがちな我々ですが、同世代のみなので思い切り盛り上がる

ことができる。イケイケだったあの女子も、モテモテだったあの男子も、人生の山だの谷だのが皮膚に髪にそして体型にあらわれているわけですが、

「うぇーい！」

と踊っている時は、シワも脂肪も超越することができるのです。中には、「大学時代の服を着てきた！」と、本当に八〇年代のミニワンピを着てきた人もいて、タイムスリップしたかのよう。

同級生のＤＪによる選曲は、当然懐メロです。人気の曲がかかれば、「ふーうっ！」と盛り上がり、元男子はかつて好きだった元女子の耳に口を寄せて何か囁《ささや》き、酔った元女子はかつて好きだった元男子にしなだれかかる……。

このような光景を他世代が見たら、「おじさんおばさんが何してるんだ」と思うのでしょう。私もかつて、親世代の人にロカビリーしか演奏しないクラブ、のようなものに連れていかれた時、「何が楽しいんだ」とポカンとしたもの。

しかし「懐かしむ」という行為は、同世代以外の人には見せなくていいし、理解されなくてもいいものなのだと思う。歌声喫茶とかフォーク酒場など、各世代に向けた「懐かし産業」というものがありますが、他世代の人がそれを揶揄するのは無粋《ぶすい》な行為なのです。

ディスコとクラブの違い。それは、決まった掛け声や群舞の有無です。チェンジの「パラダイス」における定番ふりつけ。ドゥービー・ブラザーズ「ロング・トレイン・ランニン」での「フゥ！　フゥ！」という掛け声。さらにはゲイリー・ロー「アイ・ウォント・ユー」でのサビ合唱。……クラブ世代が見たら目を丸くするであろう行為が恥ずかしげもなく行われている。

思い思いにまったり身体を揺らすクラブとは違い、ディスコにはこのように、日本の盆踊りの伝統も混じっているのです。「ヨイヨイ！」という合いの手のように、「フゥ！　フゥ！」と叫び、群舞の一体感に陶酔を覚える我々は、モンペで竹槍訓練をしていた頃の日本人と、ゆとりでまったりしている今風の日本人の、ちょうど中間地点に位置しているのかもしれません。

ちなみに「チークタイム」も、ディスコならではのもの。草食とは無縁の世代であったからこそできた行為と思われ、今の若者には想像もつくまい。

若者は減少し、高齢者ばかりが増加していくこれからの日本で、こういった懐かし産業の需要は、さらに増えていくことと思われます。そして我々世代が老人になったら、高齢者施設でのレクリエーションも、輪投げとかラジオ体操ではなく、ディスコミュージックでのダンス、になるのかもしれません。

二十年後には、ミラーボールとＤＪブースが装備された高齢者施設が登場するのかも。その年代になったら、老男よりも老女の方が圧倒的に多くなってチークタイムは成立しないかもしれませんが、それでも少なくとも輪投げやラジオ体操よりは回春効果はありそう。老男老女達が「うぇーい！」と踊っていても、あたたかく見守っていただきたいと思います。

欲求減少社会

二〇一六年の出生数が、明治三十二年に統計を開始して以来、初めて百万人を下回ったのだそうです。出生率は微増しているけれど、子産み世代の女性の数自体が少なくなっているため、少子化への歯止めはかからない、ということらしい。

私もまた、子ナシ人の一人。先日は「子ナシ」という状況について、とある新聞のインタビューを受けました。

が、既婚子アリの女性記者と、どうも会話が嚙《か》み合いません。

「子供がいないということで、社会から一人前の人間として見られない、と感じますか？」

「ご両親も亡くなられているということですが、寂しくはないですか？」

「子供を産んでおけばよかった、と思われることは……？」

といった質問の数々を聞いていると、

「親も死んでしまった今、子供がいなくて寂しいです。子供がいないと、周囲の人からもまともな人間として扱われないというところもありますし、産んでおけばよかった……」

という発言が望まれている、ということが理解できます。

しかし、これだけ子ナシ人が増え、かつポリティカル・コレクトネス的意識も高まっている中で、子ナシ人を堂々と一人前扱いしない、などという蛮勇を持つ人はあまりいない。さらには、犬猫を可愛いがるのは好きだけれど、生き物を「育む」となると途端に腰が引ける私としては、年をとるにつれ、「子供がいなくてよかった」という思いが募るばかり。記者さんの望みに適うお答えが全くできないせいか、先方には焦燥の色が見えてきました。

ヒットしたドラマ『逃げるは恥だが役に立つ』についての意見も求められました。このドラマには、石田《いしだ》ゆり子《こ》さん演じる、四十九歳で処女という女性が登場するのだそう。その女性を見て、恋愛経験の無い若者達が、「自分達もこれでいいんだ!」と安心するらしいのです。

私はその現象に対しては、「そんなもんで二十代が安心してどうする!」という意見を持つ者。四十代、五十代が安心するならともかく、若者はもっと「恋愛したー

い！」とガツガツしていいんじゃないの、と思う昭和人なのです。が、もしかすると
こちらも、

「感覚は人それぞれなのですから、恋愛などしなくてもOK。石田ゆり子さんへの共感、理解できます」

という答えを期待されていた気がしてならない。

どうにもしっくり来ずに終わったインタビュー。しかしその後つらつらと考えてみると、「人は欲しても手に入れられないものに対しては、欲求自体を縮小化させるのかもしれない」という気がしてきました。

たとえば私であれば、確かに生き物を育むのが苦手で、子ナシという状況が嫌ではない。しかし、意中の人に「頼むから俺の子供を産んでくれ」と言われなかったという、女として可哀想な状況から自分を守るために、子産み欲求自体を減少させていったのかも。

今の若者達にしても、同じような感じなのでしょう。恋愛は誰にでもできるものではないらしい。だとしたら、下手にがっついて傷つくくらいなら、恋愛欲求を縮小させた方が楽……。という自己防衛本能が働くのではないか。

二〇一五年の出生動向基本調査では、交際相手がいない若者は、女性で約六十％、

男性が約七十%。そのうち、異性との交際を望んでいない人は女性で約二十五%、男性で約三十%。ざっくり言うなら全体の約二割が、「交際相手はいないし、欲しいとも思わない」ということになります。

容姿を磨いたり相手の心理を読んだりしなくては相手を得ることができない、恋愛の狩場。おまけにお金もかかりそうだし、失敗したら負傷は免れない。……のであれば、「だったら別にいいや」と、つまりは「欲求があるのに得られない」のではなく、「欲求自体がそもそもない」ことにした方が快適。……ということで、若者の恋愛欲求は減少しているのではないか。

このままでいきますと、ますます出生数は減り、日本の人口も減少、となります。しかし昨今の論調を見ていると、日本という国自体が、すでに「子供増」とか「人口増」に対する欲求を縮小化させている気がするのです。書店に行けば、『ウェルカム・人口減少社会』とか『武器としての人口減社会』といった、「人口減っても全然大丈夫」的な本が目立つ。雑誌でもその手の特集が組まれたりすれば、読んでいなくとも「そっかー、人口ってむしろ減った方がいいのね」と、国民は楽な気分になることができるのです。

私達は、日本という国の成熟というか老成の現場に今、立ち会っているのかもしれません。昭和時代は日本の青春期で、「あれ欲しい」「これしたい」と、国も人もギンギンに張り切っていた。しかし今の日本は、中高年のようなもの。欲求も次第に削ぎ落とされ、「ま、どうでもいいんじゃないの……」となってきています。

政治家は今も、「ギンギンの時代よ、もう一度」と思っていそうです。しかし傷つくことが怖い人だらけの今、人々の欲求規模は少しずつ縮小しながら、新しい年も進んでいくのでしょう。

喪中のタイにて

年明け早々、タイはチェンマイに行って参りました。タイといえば、昨年（二〇一六）十月に、プミポン国王が崩御《ほうぎょ》され、国として一年間の喪に服している只中。出発前、現地に住む知りあいの日本人に聞いてみると、

「やはり黒い服を着ている人が多い。私達外国人は、年が明けてからは黒以外の服も着るようになったけれど。黒い服がたくさん売られているし、それまで持っていた服を黒に染めている人もいる」

とのこと。タイは泳げるほどの気候ということで、夏物をスーツケースに詰めていた私ですが、夏物は浮かれた色合いが多く、服選びに悩みました。

羽田から乗ったタイ国際航空の機内誌も、プミポン前国王や、その子息であるワチラロンコン新国王の写真や記事に、多くのページが割かれています。そういえば我が家の近所のタイ料理屋さんにも、プミポン前国王の大きな肖像が飾ってあるのであ

り、前国王は国民から深い敬愛を受けていた方なのです。

機内では、日本の映画『64』を観ていた私。横山秀夫《よこやまひでお》氏の原作を映画化したこの作品は、一週間しかなかった昭和六十四年に発生した誘拐事件を描いています。

映画の初めの方では、「64」すなわち一九八九年の一月に昭和天皇が崩御された頃の映像が流れました。それは私自身にとっても、大学を卒業して社会人になった印象的な年。日本全体を見れば、バブルの狂乱が始まった年なのであり、自分の人生も世の中も、浮き足立って落ち着かない頃であったと、今振り返ると思います。

その時は、天皇が亡くなるということが、世の中にとってこんなにも大きな意味を持つのか、ということに驚かされたものでした。世の中は自粛《じしゆく》ムードとなり、亡くなられたその日の街は、しーんと静まりかえっていましたっけ。

私にとってそれは、昭和という時代の重みを初めて実感した日でもありました。昭和の重さが消えると同時に、バブルの狂乱も暴発したのかもしれません。

昭和天皇は六十二年と少しの在位期間でしたが、プミポン前国王は、約七十年にわたって王位に就かれていた方です。絶大な人気があった国王がとうとう亡くなられたということで、タイの人々の悲しみは、さぞかし深いことでしょう。昭和天皇の場合は、昭和という激動の時代が終わったことが衝撃的だったわけですが、タイの場合は国の父が他界されたという感覚なのかも。

そういえばプミポン前国王は、我が国の今上天皇（当時）よりも六歳ほど年上ということで、お二人は同世代と言ってもよい。今上天皇の場合は現在、その生前退位問題について議論されていますが、陛下がお気持ちを表明されるにあたっては、お悩みも深かったことでしょう。陛下としては、少し年上のプミポン前国王あたりに心情を吐露されたり、相談されたりしてみたかったのではなかろうか。……と、私は余計な想像を膨《ふく》らませておりました。

国王や天皇は、孤独な立場です。自分と同じ立場の人は、国内には一人もいない。皇族にしても、自らの立場を一般の人にわかってもらうのは難しかろう。各国の王族達が国を越えて親交を結ぶのは、孤独感を癒すためなのかもしれません。

タイの新国王は、芳《かんば》しくない評判もある方のようです。プミポン前国王もきっと、子育ての悩みなどをお持ちだったのではあるまいか……。

などと考えながらチェンマイに到着すると、やはり黒い服の人が多いのです。街のあちこちには前国王を追悼《ついとう》するためのモニュメントがあるし、裏通りに行けば、干してある洗濯物がすべて黒。ブティックのショーウィンドーの服も、すべて黒。染めてまで黒い服を着続けるというところに、敬虔《けいけん》な国民性を感じます。欧米の観光客などは浮かれた格好をしている人もいますが、私はアジアの仲間として、地味目な格好で前国王の逝去を悼《いた》んだのでした。

とはいえ、街は普通に機能しています。日本の寒さと乾燥から逃れることができるだけでも有難いし、何を食べても美味しいし、タイってやっぱり好きだわ〜、と気持ちが解放されてきました。

そしてつい出来心で参加してみたのは、タイの国技であるムエタイの教室。観光客相手だし、どうせそんなハードじゃないよね……、と舐《な》めていたらさにあらず。登場したのはヘビー級っぽいガタイの先生で、参加者が私を含め二人だけだったせいもあり、一時間みっちり、パンチ、肘《ひじ》打ち、膝《ひざ》打ち、キック……と、先生のミットを打ちまくる。さらには腹筋運動まで最後には必死にしなくてはならず、「どうして私はこんなところで……？」という気分に。

精も根も尽き果てて、レッスンを終えた私。しかし大量の汗とともに、積年の邪念も吹き飛んだ感じがしました。翌朝、肘と膝はアザだらけになっていましたが、気分は爽快です。

立ち技系では世界最強という話もある、ムエタイ。微笑みの国ということで穏やかな印象があるタイの人々は、いざとなったら強いのです。プミポン前国王亡き後も、優しく強い国であり続けることでしょう……と、いまだ痛む肘と膝を抱えつつ、私は思っているのでした。

雪の新幹線

この冬一番の寒気が日本にやってきた時、私は京都におりました。厳寒期とあって、観光客はいつもより少なめ。石畳から冷気が足元をつたってくるけれど、ほくほくのかぶら蒸しが身体の中から温めてくれる……という、冬の京都ならではの楽しみもあります。

そのうちに、雪が降ってきました。古都の雪模様はオツなものなのであって、私は暖かい室内からしばし、景色を楽しみました。こんなお天気の時は、「雪景色が見たい」という人で金閣寺などの名刹《めいさつ》が、かえって混雑するのだそう。

しかし、のんびりはしていられません。京都市内でこれだけ雪が降っているということは、新幹線の京都〜名古屋間、特に冬は雪が積もりがちな関ヶ原辺りでのかなりの降雪が予想されます。新幹線はきっと遅れることでしょう。

予定を少し早めて、京都駅に向かった私。東京方面から来る新幹線は、雪の影響で遅れて到着しています。この分では、東京到着も遅くなるかも。

……と、新幹線がストップした時に備え、食料を多めに仕入れて乗車しました。京都駅を出ると、雪はどんどん強くなって、やはり関ヶ原辺りでは東北地方かのような雪国っぽい景色に。のぞみ号は速度を落とし、私はデパ地下で仕入れた鯖《さば》寿司、ビーフカツサンドなどをつまみつつ、車窓を眺めていました。

いつもの新幹線はすごいスピードで走っているけれど、今日は景色を眺める余裕があります。これでビールとか熱燗《あつかん》が飲める体質であればさらに幸せなのでしょうが、私はペットボトルの水で、雪見酒気分を堪能していました。ついでに豆大福も平らげて、すっかりご満悦です。

そうこうしているうちに、名古屋駅に到着。いつもより十余分ほど、遅れています。さらには車両の下についた雪を点検するということで、名古屋駅でしばしの停車。

生き馬の目を抜く世界で生きるビジネスマンであれば、この遅れにイライラするのでしょうが、私はこの時、かなり幸せな気分になっていました。すなわち、「いつもよりたっぷり、新幹線に乗っていられる！」と。

私が最も頻繁に乗車する新幹線の区間は東京〜京都間なのですが、のぞみに乗れば、二時間二十分ほどで到着します。しかし新幹線好きの私としては、いつも「あぁ、もっと乗っていたい」と後ろ髪を引かれる気分で、下車していました。岡山くらいまで乗って、すなわち乗車が三時間ほどになると、ややのんびりできるかな、という感じ。

そんなわけで、新幹線の遅れに、私は少しばかりうきうきしていたのです。今やスマホなどによって新幹線車内でも誰とでも連絡が取れる時代ではありますが、それでも「移動中」というのは、現世からの足抜け感を覚えることができる時間なのですから。

そういえば私が社会人になりたてで、弁当箱大の携帯電話を持っている人すら滅多にいなかった頃は、まだ新幹線の車内放送で、乗客に「電話の呼び出し」ということをしていたっけ。ああ、平野ノラさんに教えてあげたい……。

といったことを考えているうちに、車両の点検を終えて新幹線は発車。名古屋を越えてしまえば雪は消え、順調に走り出したのです。雪景色に夢中になって食べすぎた私は、しばし気絶し、夢の世界へ。

するとどうでしょう。私が乗ったのぞみ号が東京に到着したのは、チケットにプリントされてある時間通りだったのです。世界に冠たるパンクチュアルな列車・新幹線は、名古屋から猛然と速度を上げて、遅れを取り戻したようではありませんか。

あれ、時間通り……。と、私は残念な気持ちになっておりました。非常時に備え、食料はまだまだ余裕があるというのに、のぞみ号は涼しい顔で東京駅に到着しているのですから。

カラカラに乾いた東京を歩きつつ、私は「速ければいいのか」ということを、考えておりました。リニア中央新幹線の工事は既に着工しており、完成すれば東京〜大阪間は約一時間で結ばれるとのこと。今ですら出張は日帰りが多くなっているわけですが、ますます日帰り化は進むことでしょう。

私は、とある海峡を結ぶフェリーのことを思い出しました。従来のフェリーが二時間ほどかかっていた航路に、新型船を導入すると一時間ほどで着く……となった時、トラック運転手さん達からはボヤキの声が出たのだそう。フェリーに乗っている時間に眠ることが楽しみだったのに、一時間ではおちおち眠れないではないか、と。

出張中のビジネスマンと新幹線の関係にしても、同じことが言えましょう。新幹線の車中が貴重な休憩時間なのに、それがたった一時間になったら、弁当を食べても居眠りをする時間すら無くなってしまいます。

高速化すればいいってものでもなかろう、などと思いつつ東京駅から電車に乗っていた私ですが、とある駅で乗り換えて、次に乗る電車は……と見てみたら、到着は十分後とのこと。「えーっ、十分も待たされるの！」とイラッとした自分もまた、高速化に慣れきってしまった一人。リニア中央新幹線が開通したら、おそらく嬉々として乗りに行ってしまうであろうことが、今から予想されます。

踏み絵を踏みますか？

遠藤周作《えんどうしゅうさく》原作、マーティン・スコセッシ監督の『沈黙―サイレンス―』を観ました。キリシタンが弾圧されていた日本で「転んだ」、つまり棄教したとされたフェレイラ神父を追って、ポルトガルからやってきた二人の若い神父。キチジローという日本人の手引きで長崎へ入り、目にしたのは凄《すさ》まじいキリシタン弾圧。キリシタン達に守られて神父達は身を潜めるものの、一人は殉教し、もう一人は囚《とら》われの身となり、棄教を迫られる……。

映画では、キリシタン虐殺《ぎゃくさつ》シーンが多出します。一気に殺さず、なるべく苦しみを長引かせる残酷な殺し方をすることによって、キリスト教が広がらないようにしたのでしょう。

酷《ひど》い目に遭うのがわかっているのに、踏み絵を踏まず、信仰を捨てないキリシタン達。そんな中で異彩を放つのは、窪塚洋介《くぼづかようすけ》演じるキチジローでした。彼は自称キリシ

タンなのですが、自らの身に危険が迫ると、すぐに踏み絵を踏み、周囲を裏切ります。しかしやがて神父の元に戻ってきては、

「告解（罪を悔い改め、許しを得るための儀式）をお願いします」

と、頭をさげる。

踏み絵を踏まずに殉教していく市井の人々、命を賭して日本にやってきた神父、あっさり踏み絵を踏んでは「踏んでしまった……」と落ち込むキチジロー。この三者の中で、私が最も共感できたのは、キチジローでした。彼の弱さこそ、普通の人の、そして現代風のものだったから。

尋常でないつらさに耐えることに一種の誇りを覚える日本人の傾向があります。切腹、特攻隊などはその一例でしょうし、女性の場合は、「お腹を痛めて子供を産む」ことに対して同様の誇りを感じる人が多い模様。そして私は、踏み絵を踏むことを断固拒否して命を落としたキリシタン達にも、同じような我慢強さを感じるのです。

今の日本人も同様にその感覚を持っているかは、疑問です。

「がんばらなくていいんだよ」

と言われ慣れている我々、もしも『沈黙』と同じシチュエーションに居合わせたら、

「踏み絵は単なる物ですし――、それで怒り出すような神様じゃありませんよね」

と、キチジローのようにあっさり踏み絵を踏むのではないか。

そして我々から最も遠くにあるのは、遠路ヨーロッパからやってきて布教する、神父の感覚です。厳しい自然環境の中で発生した一神教ならではの、「哀れな人々に正しい教えを伝えなくては」という感覚なのかもしれませんが、あの「広めずにいられない」という熱は、日本人にはどうもピンとこない。

私も、いわゆるミッションスクールに長年身を置いていました。それは「ミッション」すなわちキリスト教伝道のために日本にやってきた人によって創設された学校。しかし私は、十数年間も毎日礼拝に出席し、祈りと聖歌を捧げながらも、キリスト教を信じるには至りませんでした。習慣としてのキリスト教文化には親しんだけれど、「信仰」にはならなかったのです。

今のミッションスクールは、当初のミッションからは、既に離れたところにいるように思います。キリスト教文化に生徒達を触れさせはしても、生徒を信仰へと導びこう、信者を増やそうとはしていないのではないか。

ミッションスクールが初めて日本に創られてから百数十年が経ちます。特に教育の機会が少ない日本人の蒙《もう》をひらかんとして宣教師達はやってきたのでしょう。特に教育の機会が少なかった女子は、ミッションスクールから多くの恩恵を受けたはずです。

しかし今の日本人は、そこそこ豊かに、幸せに暮らしています。ミッションスクールに通うのは、どちらかといえば恵まれた人だったりもする。真剣に救いを必要としているわけでもないので、学校側も「キリスト教的知識や宗教的慈愛の心を身につけてもらえば、マジで信仰しなくても」という感覚になってきたのではないか。それは、キリシタンの時代にヨーロッパの神父達が命がけでやってきたアグレッシブな布教態度とは全く異なります。

『京都ぎらい』がベストセラーとなった井上章一《いのうえしょういち》さんは、キリスト教系と仏教系の学校を比較されていますが、京都においてキリスト教系の同志社女子大生は「きれい、金持ち、キリスト教」の三K、仏教系の京都女子大生は「不細工、貧乏、仏教」という三Bと言われる……と、『京女の嘘』に書いてありました。このように今のミッションスクールが日本に残すのは信仰ではなく、「ちょっとお洒落《しゃれ》でライトなミッション文化」イメージなのではないか。

日本という沼地にキリスト教が根を張ることはない、と『沈黙』では語られていました。今も日本ではキリスト教徒増加の傾向は無く、周囲のクリスチャンを見ても「親が信者だったから」という、仏教徒とほぼ同じ状況の人が多いのです。

行事の時だけ宗教とかかわっても、「信仰」とは縁が薄い人が多い日本人。私もまた『沈黙』の世界に対して「かつての日本人はなぜ、あれほど深く信じられたのか?」という疑問を持つ者なのであり、今世界中で発生しているイスラム教関連の出来事の数々についても、真に理解するのは難しい気がしてなりません。

強気な女性のヘアスタイル

ある晩、テレビをつけると「水曜日のダウンタウン」という番組が放送されており、そこで「ベリーショートの女性は気が強い」という説を検証していました。蓮舫さんのように、髪をうんと短くしている女性は、確かに自信に溢れている印象がありますが、果たしてどうなのか。

街行くベリーショートの女性達に声をかけて聞いてみると、気が強いと皆に言われるという人もいればそうでもない人もいて、その比率は「気が強い」が六十四%、「普通～気が弱い」は三十六%とのこと。

これを見て私は、ベリーショートだからといって特に気が強いわけではないように思いました。それというのも、「すべての女は気が強い」というのが私の持論。今まで生きてきた中で、私は気が弱い女性に会ったことがありません。女性達に、「あなたの知り合いに気が弱い女性はいるか？」と聞いてみても、皆が「いない」と答えるのです。となると、むしろベリーショートの人は、気が弱い人が多いとすら言えるのではないか。

番組によると、ベリーショートの人の中で、「気が強い」人よりもさらに高かったのは、美容関係者の比率でした。ベリーショートという個性的な髪型は、誰でもトライしようと思うわけではありません。自然と、美容師さんや美容学校生が多くなるのでしょう。

「ベリーショートは気が強い」という感覚は、クラシックな男性のものなのだと私は思います。女の髪＝長い、という固定観念があるため、「髪をうんと短くする女性は、さぞや鼻っ柱が強いに違いない」と思うのも無理はない。

大正時代、日本髪が主流だった世の中で〝断髪〟のモガ達は、はすっぱ扱いされることもあったようですが、それも「女は髪が長いもの」という意識があったから。そして「女は髪が長くてナンボ」意識がさらに強かった平安時代は、出家した貴族女性は肩の辺りで髪を切り揃える、今でいうおかっぱのような髪型にしたのだそう。そしてそんな姿になってしまった女性が可哀想だと、皆が泣いたそうな。

そんな時代の人からすれば、蓮舫さん的ショートカットは女であることを放棄したように見えるのかもしれません。確かに蓮舫さんは、口調と髪型があいまって、強い印象を受けるもの。小池百合子さんもヒラリー・クリントンさんも、ベリーとまではいかないかもしれないけれどショートカットなのであり、決して気は弱くないタイプであろう。

私が思うに、ショートカットの女性というのは、「髪ごときの事に時間を奪われたくない」という意思を持つ人のような気がします。カットに行く頻度は高いかもしれませんが、シャンプーもセットも楽なショートヘア。女性政治家のショートカットは、「政治に邁進《まいしん》したい」という気持ちのあらわれではないでしょうか。

反対に、セットやブローが必要な長い髪というのは、男性からしたら「女らしい」「気が強くなさそう」という印象があるかと思います。が、その手の髪型を続ける女性こそ、実は人並み外れて気が強い、という印象を私は持っています。

ドライヤーやアイロンやカーラーといった道具類を駆使し、時間をかけて整えなくてはならない髪型を毎日キープする人というのは、それだけ「女性らしく見せたい」という強い根性を持つ人。真面目で几帳面であったりもするのですが、ふとした瞬間に見せる内面の強さは、どうでもいい髪型をしている人の比ではない。……という体験を、今までどれほどしていることか。そういえば言論方面でいえば、櫻井《さくらい》よしこさんなどがそういった髪型といえましょうか。

ちなみに私は、長年同じ髪型をしています。肩ぐらいまでの長さの髪を常に一つに結んでいるのです。ついでに眼鏡もかけていますので、「真面目そう」と思われることが多い。そしてこのスタイルをしていると誰でも似たような感じになるのであり、髙村薫《たかむらかおる》さん（作家）や村木《むらき》厚子《あつこ》さん（冤罪）が新聞に出ていると、一瞬自分のようでドキッとするのでした。

しかし、こと私に関して言えば、「真面目そう」もまた、髪型がもたらす誤解の一つです。いつも髪を結んで眼鏡をかけている女性の特徴は、髙村さんや村木さんには大変失礼なのですが、おそらくは「怠惰《たいだ》」。髪や顔面に手間暇かけるのが面倒なので、最低限の手間で一応はきちんと見える「結ぶ」という手法から離れられないのです。

このように、女性の髪型が、特に男性にもたらす印象というのは、必ずしも正しくありません。そんな中で最近、都心で流行っているのは「髪を切らない美容院」。それは、ほんの十五分程度でセットだけしてくれる美容院で、そこを使うのは働く女性が多いとのこと。大切なプレゼンや会食の前に、ちゃちゃっとセットしてもらうというのです。

この手の美容院は、さらに男性達を困惑させることでしょう。女性性が高そうな髪型も、それはお金をかけて他人にお願いした「演出」。実はベリーショートの女性や男性をも軽く凌駕《りょうが》する強さを持つ女性だったりするのであって、ゆるふわヘアだからといって「御《ぎょ》しやすそう」などと油断してはならない時代になってきたようです。

ゴルフと男社会

二〇二〇年の東京オリンピックでゴルフ競技を開催する予定の霞ヶ関カンツリー倶楽部が、「女性の正会員を受け入れていない」ということで問題になっています。

ゴルフ場というのは、スポーツの場であると同時に、〝メンズクラブ〟の役割を果たしてきた面が大きいものです。女性が会員になれない名門コースは世界中にあったわけですが、二〇一四年にはあのセントアンドリュースが、その二年前にはオーガスタが女性会員を受け入れています。そんな趨勢《すうせい》の中で、日本では名門とはいっても川越のコースが頑《かたく》なに女人禁制じゃなくってもねぇ、と私は思っておりました。

ゴルフがとても上手な女性が知り合いにいるのですが、

「上手くなればなるほど、一緒にプレーする人が少なくなる」

と言っていました。

それというのも一般の男性ゴルファー達は、どんなに頑張っても絶対に一〇〇は切らないような女性と回るのが好き。次のクラブの選択とか、重心の移動についてのアドバイスをちょこっとしてあげられるくらいの女性がいいのであって、レギュラーティーから打っているのにドライバーの飛距離で軽く自分を越えてくるようなアマチュア女性は、敬遠されがちなのです。

かといって、あまりに下手すぎる女性も、足手まといになるもの。男性のスコアを凌駕せず、しかしせいぜい一二〇台くらいまでのスコアにまとめる女性が、ゴルフモテすると言っていいでしょう。

私も会社員だった時代、ゴルフを嗜《たしな》んでいたことがありました。それなりに楽しんで、スクールに通ったこともあります。

しかし、時はバブル。どこのゴルフ場も、尋常でなく混んでいました。ティーショットを打つ時に、既に後ろのグループが順番待ちをしていたりする状況に「うへぇ」と思ったものです。

またゴルフは、同行者と長い時間を共にしなくてはなりません。下手をすると、迎えに来てくれた車中から家に辿《たど》りつくまでずっと、会話をもたせなくてはならない。座持ちの良いタイプではない私は、その辺りも苦痛でした。

女性は紅一点状態でプレーすることが多いわけですが、そんな中では〝ゲイシャ感〟を出さなくてはいけないのではないか、という強迫観念にも襲われました。すなわち、皆のショットを、「ナイスショーッ!!」と賞賛し、まるでラインが外れているパッティングにも「惜しいですね〜っ」と声をかけ、自分以外の三人の男性に均等に教えを請《こ》い、時にはウェアや道具を褒《ほ》め……、と。それはほとんど、掛け軸や茶碗を褒め、お点前を褒め……という茶道の世界。

今となっては、「誰も私にそんなことを期待してはいなかった」ということがわかりますが、当時はまだ社会人になりたてのおぼこい私。無駄な心配を募らせていましたっけ。

「ご迷惑をかけてはならじ」というプレッシャーも、ありました。女というだけで、実力が伴わないのに良いコースに連れていってもらったりもしましたが、周囲に迷惑をかけないために、打っては走り、打っては走りの繰りかえし。プレー後のお風呂では、悠長にシャンプーして髪を乾かしていたら、皆の乾杯に間に合わない。そんな事情をあざ笑うかのように、女性風呂のドライヤーは微風で、髪を洗わずダッシュで風呂を出たりもしたものです。

そんなこんなで、「殿方に合わせなくてはならない世界」に疲れて、私はゴルフをやめました。ゴルフ場とは、この世の縮図。今はもう、強風が出るイオンドライヤーがゴルフ場の女性風呂にも設置してあると思いますが、やっと男女雇用機会均等法が施行されたばかりで、まだまだ男社会だった世の中&ゴルフ場において私は、「だったら家でのんびりしていた方がいいわー」と思ったのです。

今でも、ハワイなどリゾート地に行くと、「ゴルフをしても、いいかもね」と思います。先日は旅先でお遊び感覚でできるショートコースを見つけ、久しぶりにクラブを握ってみました。気を使わない相手と一緒だったので、これが意外と楽しかった。「もっと年をとったら、再開してもいいかも」とすら思ったものです。

そんな中、この号が出る頃には終わっているはずですが、安倍首相はトランプ大統領とゴルフをするのだそう。日米両首脳がゴルフという姿を想像すると、政治の世界がメンズクラブに戻りつつあることを感じます。

そこで一つ気になるのは、安倍さんはどれくらいのスコアにしておくべきなのか、という問題です。業務上のゴルフの場合、どう業務を進めたいかによって、微妙なスコア操作も必要。映像を見るかぎり、それほど上手くはなさそうな安倍さんですが、少なくとも安倍さんが圧勝するわけには行きますまい。

そして安倍さんはトランプさんにどれほど、

「ナイスショッ‼」

とか、

「グッショッ!!」

と叫んで〝ゲイシャ感〟を発揮するのか。それとも意外にトランプさんより飛ばしまくって、「舐めんなよ」感を醸し出すのか。……究極の接待ゴルフの様子を、じっくりと見てみたいものです。

「愛され」卒業世代

若い女の子の知り合いが最近、二人たて続けに結婚しました。一人はアラサー、そしてもう一人はアラツー、つまりは二十歳を少し出たばかりという若さです。「あれ、この前まで高校生だったのに」と、私はびっくり。

二人の結婚には、共通点があります。それはまず、「出会ってから結婚までの時間が短い」ということ。アラサーちゃんは、出会いから結婚までが約一年。アラツーちゃんは、三ヵ月ばかりだというではありませんか。

故郷から離れた地で結婚したアラツーちゃんは、

「親には、スカイプで婚姻届を見せながら、『結婚したよー』って事後報告しました！」

とのこと。

今風だわ……と感心していた私ですが、さらに今風だなと思ったのは、アラサーちゃん夫婦もアラツーちゃん夫婦も、結婚にあたっては「女から行った」というところです。

アラサーちゃんは、出会いの瞬間から、「好きなタイプ！」ということで、お相手をロックオン。自分からぐいぐいと交際に持ち込み、そのまま結婚まで寄り切った、という感じです。アラツーちゃんも、

「付き合いだしてからすぐ、私から『結婚しようよぉ』って言ったんです！」

とのこと。

そして私は、「これが昨今の、賢い結婚のあり方なのかもしれない」と思ったことでした。晩婚化や少子化が進んで久しい時が経ちますが、その理由の一つとして、「女性達がいつまでも、『愛されたい』『求められたい』願望を持っている」ということがあるのではないか、と私は思っておりました。つまり男性から求められたから結婚した、ということにしたいから、自分から積極的にアプローチやプロポーズができない女性が多い。すると、ただでさえ恋愛や結婚に及び腰な男性との間に、何も発生せずに時が過ぎていく、と。

女からしたら、男性からぐいぐい迫られ、思ってもみなかった時にサプライズでプロポーズされ……みたいなことが嬉しいのは確かです。しかしこのご時世において、

そんな僥倖《ぎょうこう》に巡り会える女性は、ＹｏｕＴｕｂｅの中にしかいません。

だからこそ、できちゃった結婚の割合は高まっていくのでしょう。独身男女の世界では、もはや妊娠くらいしか、結婚に持ち込む理由はなくなってきたのですから。

男性から熱烈に求められての、結婚。……という古典的ストーリーを夢見て手をこまねいている女性は、ですからあっという間に中年になってしまうのでした。中年独身女性達をみていると、交際願望や結婚願望を持ってはいても未だ、

「でも自分から行くのはちょっとね……」

などと言っている。年をとればとるほど、女性側の外見的魅力は減少するのであって、女性から積極的な行動に出ない限り、つがい成立は困難になってくるというのに。

そんな中年に比べると、若い世代は「男性から熱烈に求められての結婚」というストーリーを周囲にアピールしたい、などという夢は既に捨てています。

「私から『結婚しようよぉ』って言ったんです！」

と言うアラツーちゃんは実に堂々としていて、「当たり前のことをしただけです」という感じ。隣で、

「へへ、そうなんです」

と笑っている若い夫も、まんざらでもなさそうです。

「アンアン」的な女性誌の世界では、ずいぶん前から「愛されるより、愛する女が格好いい」といった特集を組んでいたものでした。恋愛面において受け身のフリをするのはやめろ、主体的になれ、と。

しかしいくらそう言われても、先祖から受け継いだDNAが「愛されるのが女の幸せ」と囁き続ける日本女性達は、「求められて結婚した」とのテイを求めて止みませんでした。

男性からプロポーズさせるために、外堀を埋めたり真綿で首を絞めたり性格を改竄《かいざん》したりと、あらゆる手練手管を尽くしてきた、同胞女性。「愛されファッション」「愛され料理」といったテクニックが、どれほど開発されてきたことか。愛されテクをいくら繰り出しても効かない場合は、捨て身の妊娠攻勢に出た人もいたものです。

しかしここにきてやっと、「求められて結婚した」というストーリーを必要としない女性達が、登場してきたのでしょう。彼女達は、この恋愛不毛の時代に、マグロのように横たわっていても誰も値をつけてくれないことを熟知している。自分が相手に値をつけ、競り落とさなくてはならないし、その行為は恥ずかしいことではないのだ、と。

アラサーちゃんの結婚パーティーは、すべて新婦のセルフプロデュースで事が進みました。新郎新婦の入場後、最初にマイクを握って挨拶《あいさつ》したのも、新婦。その後もテキパキと指示を出し、仕切っていったのは新婦であり、「愛されの呪縛《じゅばく》」から卒業した彼女の顔は、実に生き生きとしていて美しかったのです。

しかしそうなると、「でき婚」でもなく「女から婚」でもない、昔ながらの「愛され婚」の希少価値は、ますます高まってくるのかも。積極的な女性が増加する一方で、愛されテクがますます先鋭化していくであろうことも、予想されるのでした。

JR北海道にシンパシィ

毎年恒例、雪見列車の旅。今回は、「そういえばまだ、北海道新幹線に乗ったことがなかったっけ」と、北海道に行くことにしました。

新青森駅から新函館北斗駅までが二〇一六年に開通した、北海道新幹線。しかし、二〇一五年に金沢まで開通した北陸新幹線と比べると、インパクトは薄めでした。北陸新幹線の場合は、開通によって金沢や富山への利便性がぐっとアップしたのに対し、北海道新幹線の場合は札幌までつながっていないことから、やはり飛行機が選ばれがち。そして新函館北斗駅は、函館駅からも微妙に距離がある……。

ということで私も一年間乗らずにいたのですが、今回やっと乗車となりました。列車に長時間乗ることはもとより嫌いではありませんから、楽しみな気分が湧いてきます。

乗車したのは、東京駅一〇時二〇分発のはやぶさ十三号。考えてみれば、東京駅の

ISBN：978-4-06-519474-4　定価：本体1300円（税別）

届け、物語の力。

あらすじ

高校二年生の越前亨《えちぜんとおる》は母と二人暮らし。父親が遺した本を一冊ずつ読み進めている。亨は、売れない作家で、最後まで家族に迷惑をかけながら死んだ父親のある言葉に、ずっと囚われている。

図書委員になった彼は、後輩の小崎優子《こさきゆこ》と出会う。彼女は毎日、屋上でクラゲ乞いをしている。雨乞いのように両手を広げて空を仰いで、「クラゲよ、降ってこい！」と叫ぶ、いわゆる、“不思議ちゃん”だ。

クラゲを呼ぼうと奮闘する彼女を冷めた目で見ながら亨は日常をこなす。

八月のある日、亨は小崎が泣いているところを見かける。そしてその日の真夜中——街にクラゲが降った。

物語には夏目漱石から、伊坂幸太郎、朝井リョウ、
森見登美彦、宮沢賢治、湊かなえ、村上春樹と、
様々な小説のタイトルが登場します。
この理不尽な世界に対抗しようとする若い彼ら、彼女ら、
そしてかつての私たちの物語です。

新幹線乗り場に「北海道」の文字があるというのも、すごいことです。

新函館北斗までの所要時間は、四時間十七分。列車に乗っている間はこの世から足抜けできる、という感覚を持つ私は、たっぷりの乗車時間に無上の解放感を覚え、まずは思う存分、寝ることにしました。終点まで乗る身、寝過ごす心配が無いのが嬉しいところです。

寝たり起きたりを繰り返し、やっと覚醒《かくせい》してきたのが盛岡あたり。お昼も過ぎていたので、サンドイッチをかじります。そうこうしているうちに新青森に到着し、ここから先が私にとっては未知の世界。

東京駅ではほぼ満席だったのですが、ここまで来ると、一車両に数人ずつ程度しか乗客がいません。北海道まで新幹線で行こうという人は、やはり少ないことが窺えます。

新青森駅からはＪＲ北海道の乗務員さんに交代したとのアナウンスがあり、青函トンネルについて等、解説してくれました。奥津軽いまべつ駅を過ぎると青函トンネルに入り、二十五分ほどで外界に出れば、そこはもう北海道。

「皆様、北海道へようこそ」

というアナウンスも心なしか誇らしげで、車窓風景も本州と違って、どこか雄大な気がします。

木古内《きこない》駅に停車した後、一四時三七分に、新函館北斗駅に到着。下車すると、外気はキリッと冷えている。ついでに言えば、新函館北斗駅に人はまばらで、そんな意味合いでも「寒い」。

ここから私は、札幌行きの特急であるスーパー北斗に乗車することにしました。鉄路で札幌へ行くというのはどのような感じなのか、と思ったのです。

函館と札幌なんて近いんじゃないの、というのは関東人の考え。近いようでも遠いのが北海道であり、新函館北斗と札幌の間は、特急で約三時間半かかります。最初のうちは、内浦湾など眺めていい気分だったのですが、何せ新幹線に四時間以上揺られていた身、次第に尻が痛くなってきて、一八時四一分に札幌駅に到着した時は「やっと立てる！　歩ける！」という気分になりました。

しかし翌日、私はさらなる苦行に挑んだのです。札幌の街には見向きもせずに朝から乗車したのは、札幌と網走を結ぶ特急であるオホーツク号。九時四一分に出発して到着が一五時六分ということで、五時間余かかるのです。北海道、誠に広い。

ＪＴＢ時刻表の2月号の表紙が、石北本線を走るオホーツク号だったのであり、「石北本線って乗ったことがない」と選んだこの列車。ＪＲ北海道では先日、単独維持が困難な路線を十三線区ほど発表しましたが、その中の一つに、新旭川〜網走間を結ぶ石北本線も入っていましたっけ。そしてこの十三線区が全て廃線になってしまったら、ＪＲ北海道の線路の半分ほどが消えることになる。

都道府県別の観光地魅力度ランキングでは、八年連続一位に輝く北海道。しかし観光客は列車には乗らないのか、ＪＲ北海道は危機的状況にあります。在来線の車中には、「未来のために皆で列車に乗って路線を残そう」といった利用促進ポスターが掲示されていたりして、心が痛むのでした。

そして私は、沿線にエゾシカなどが佇む北海道らしい車窓風景を眺めつつ、「これは自分が置かれた状況とも似ているのでは？」と、思っていました。車や飛行機など、様々な要因によって苦境に立たされるＪＲ北海道。それは、私が身を置く出版業界の苦境と重なる、と。

スマホやパソコンといった新しい道具の登場によって、本というメディアも苦境に立つ今。出版業にかかわる人は今、何かというと、

「本を読みましょう！」

と必死に訴えますが、これは、

「鉄道に乗って路線を残そう！」

と沿線住民や観光客に呼びかけるローカル線の状況とそっくりではありませんか。

嗚呼、ＪＲ北海道にシンパシィ。

網走到着後、長時間の乗車で痛む尻をさすりながら、雪の中を一人とぼとぼ歩いた私。帰りはさすがに飛行機に乗ることにしたのですが、東京からここまで鉄路で十余時間かかったのに、女満別空港から東京までは二時間で到着します。ああ、速いものって便利。そして便利なものって、やっぱり使ってしまう。……と、そこはかとない罪悪感と「無常」の思いを抱きつつ、私の旅は終わったのです。

プレミアム効果

プレミアムフライデーというものが実施されましたが、皆さんプレミアムな一夜をお過ごしになられたでしょうか。

当日のニュースでは、プレミアムフライデーを導入した企業に密着取材などしていました。また知り合いの女性経営者は、積極的にその制度を導入したのみならず、「消費を活性化するために」と、いくばくかのお手当を社員に配った、というではありませんか。

とはいえ、ほとんどの企業は「うちは関係ない」という姿勢。

「月末の週末に、そんなことができるわけない」

と言う人も多かった。

非・被雇用者である私は、ある意味で毎日がプレミアムフライデーです。自己責任において、三時だろうと二時だろうと仕事を終えることができるし、バンバン消費もできる。

プレミアムフライデー初導入の日は、ですから「いっちょう私も、その気分を味わってみるか」と、三時に仕事を切り上げてみることにしました。夕方の五時から仕事の予定があったので、本来であれば四時に家を出れば間に合うところを三時に出て、余った一時間を消費に充《あ》てようという、愛国心溢れる計画です。

家を出て地下鉄に乗った私ですが、既に退社して浮かれ気分の会社員達がたくさん乗っているわけではありません。午後三時過ぎの地下鉄は、いつものように空《す》いていました。

そして私は、仕事先の近くにある洋服の店で、お買い物。平日の午後はお店も空いていて、ゆっくりと見ることができます。春物が出揃ってきたということで、欲しいものが色々と。プレミアム精神にのっとり、きっちり消費させていただきました。

五時からの業務が終った後は、仕事でご一緒した皆さんとレストランへ。プレミアム効果なのか、そのお店も満員です。

食事を終えて店を出ると、我々の前を一組のカップルが歩いていました。するとそのカップル、信号待ちの時間にいきなりの抱擁《ほうよう》&路チューを始めたではありませんか。

時刻は、まだそう遅くはありません。しかしきっと彼等は、早くから飲んでいたせいで、既に深夜気分だったのではないか。我々は、

「ひ、久しぶりに路チューなんて見た！」

「プレミアムプレミアム！」

と「なんまいだぶ」のように唱えつつ、珍しい光景を拝み見ていたのです。

考えてみますと最近、「イチャイチャするカップル」を目にする機会がめっきり減りました。昔は、目のやり場に困るほどイチャつく若いカップルが、電車の中にいたもの。九〇年代前半頃は、電車の中など公共の場でチューするカップルが増えた、ということが社会問題化したこともありましたっけ。

人前でのチューは欧米化のあらわれ。これからは日本でも、人前チューが普通になっていくであろう。……という論調がその頃はありましたが、しかし予想は当たりませんでした。日本はやがて恋愛冬の時代を迎え、若者は「恋人とか、いらないです」とまで言うように。チューもイチャイチャも街中から消えて、たまに見かけると中高年だったりする。

そんな中での若者の路チューは、まさにプレミアム効果だったのではないでしょうか。早くオフィスから出られるとなれば、デートの予定も立てやすい。デートが楽し

く、お酒も進めば、抱擁もしましょう、チューもしましょう。消費の活性化を目論み導入されたプレミアムフライデーだそうですが、恋愛の活性化をも見込めるのかも。

……などと思っていたら私の気分は大きくなり、「タクシーで帰ろうっと」と、さらなる消費活性化行動に。夜の街を眺めつつタクシーに乗っていると、今度は路上に停まっているタクシーがいました。運転手さんは外に出て憮然《ぶぜん》とした表情で立っており、後部座席のドアは開いている。

すわ、事故か？　と見てみると、違いました。ドアを開け放った後部座席には人がいて、その人は海老のように身体を折り、路上に上半身を出して思い切りリバース、すなわち路ゲロしていたのです。

運転手さんにはお気の毒でしたが、しかしこれもプレミアム効果に違いない、と私は思ったことでした。きっと彼は早い時間から飲み始めたせいで、普段よりもたくさん飲んでしまったのではないか。

どうやらこの日は、プレミアムフライデーをどのように取り扱ってよいのかわからず、皆が迷走してしまったものと思われます。路チューの若いカップルは十年後には結婚しているかもしれず、

「そういえば、初めてチューしたのってプレミアムフライデーの初日だったな」

と頬《ほお》を赤らめるでしょうし、路ゲロのサラリーマンは、

「プレミアムフライデーが初めて導入された日、調子に乗って飲みすぎたっけ」

と思い返すに違いない。

そして私は、家に帰ってからその日に買った春物を着てみたのですが、どうも派手すぎてしっくり来ないのです。プレミアムフライデーに乗せられて、どうやら普段なら選ばないようなものを買ってしまった模様。……ま、何事も最初って、こんなものですよね。


〈追記〉しかしその後、プレミアムフライデーが定着した気配はうかがえない。

仲間はずれ病

東日本大震災から六年。震災の前と後で、自分に何か変化があったのだろうか。

……と考えてみますと、節電の習慣がついたり、水や食料の備蓄をしたり、といった程度。そしてもう一つ、東北に対する心理的距離が近づいた、という変化もありました。

震災関連の本を書いたことをきっかけに、福島や宮城や岩手に知り合いが増えた私。最初はインタビューのためにうかがったのが、プライベートなおつきあいが発生することも。気がつくとたとえば福島は、東京の次に知り合いが多い地になって、地図を持たなくても歩けそうな気分です。震災前、福島に対して特に縁も思い入れも持たなかった私にとって、これは大きな変化なのです。

友人知人が住んでいるのといないのとでは、その土地に対する親近感はおおいに異なります。東京で弱い地震があった時は、「福島あたりでは相当揺れたのではないか」と心配に。知っている顔、知っている街並みが脳裏に浮かぶからこそでしょう。

最近の震災関連のニュースで心が痛んだのは、福島からの避難者がいじめに遭っている、というものでした。どうやら各地で起きているらしいこの問題。「ひどい」と思うと同時に胸のどこかがチクリと痛むのは、「自分もいじめる側になっていたかもしれない」と思うから。

我々日本人は、〝仲間はずれ〟を常に探しています。自分が和とか輪とか仲間とかの一員であることを認識して安心するためには、〝仲間はずれ〟という犠牲が必要なのです。

私は子供の頃、ハンカチ落としという遊びに非常な恐怖心を覚えていました。これは、輪になって座っている子供達の周りを、鬼役の子供がハンカチを持って回り、誰かの背後にハンカチを落として、その子に気づかれないうちに一周回ってタッチすればその子が鬼に、という遊び。最後に鬼になった子が負け、というルールだった気がします。

日本におけるいじめでは、よく「菌《きん》」という言葉が使用されますが、ハンカチ落としにおいてはハンカチが菌の役割を果たしました。それを持っている間は「輪」に入ることは許されず、誰かにそのハンカチを渡さない限りは延々と輪の外を回り続けなくてはならない。

自分の背後にハンカチが落とされたらどうしよう。自分がハンカチを持ってぐるぐる回っている間に、終了の笛を先生が鳴らしてしまったらどうしよう。……そう思うと恐怖心しか湧かず、ハンカチ落としは決して楽しいゲームではありませんでした。

子供であろうと大人であろうと、日本人は常にハンカチ落としをしているような状態なのでしょう。「輪」の中の人であるために細心の注意を払い続け、もしも自分がハブられそうになったら、その原因である「ハンカチ」を他人に押し付けなくてはならない、と皆が思っている。

転校生が福島からやってきた時、地元の子達は「福島」という地名をハンカチとして、つまりは絶好の仲間はずれの目印として見たのだと思います。そしてその子をずっと、輪の外でぐるぐると回らせた。

その子達を非難するのはたやすいことです。しかし私達は、今までどれほど長い間、

「仲間はずれはやめましょう」

と言い続けてきたのか。同調圧力が強すぎとか人の顔色うかがいすぎとか、何十年も自己批判を繰り返しつつ、この性質が治ることはなかった。

私自身、簡単に同調圧力に屈する人間です。たとえば東京では、エスカレーターでは左側に立つという不文律がありますが、すぐ横に階段があるというのに右側を空けておき、エスカレーターに長蛇の列……という現象を見るといつも「馬鹿じゃん」と思う。急ぐ人は階段を走ればいいのであって、エスカレーターには二列で乗ろうよ、と。

一時はあえてエスカレーターの右側に立つという一人抗議活動もしていましたが、人にぶつかられるなど嫌な思いをした結果、今はすごすごと長蛇の列に並んで左側に立つ身。

日本人の「常に皆と同じ」という感覚は、このようにちょっとやそっとでは絶対に治らないのです。子供の頃から、ハンカチ落としのみならず、鬼ごっこでもかくれんぼでも、「鬼」という名のハブられ役をつくる遊びをさんざして、「鬼になるのは嫌だ！」という感覚を身に染み込ませた我々は、「自分以外の誰かが鬼になればよいのだ」と思っているのだから。

仲間はずれ病は、日本の風土病。それを発症しないようにするには、「知り合いになっておく」という手があるのではないかと、私は思います。福島に友達がいて、福島も同じ輪の中と思えるなら、福島という文字は「ハンカチ」にはならないのではないか。

震災直後、日本人の「輪」の感覚はもっと広かったように思います。あの頃は日本中が被災者を助けようとしていたのに、時が経つと次第に輪が狭まり、「仲間はずれにしたい欲求」がムラムラと湧いてきたのか。

「日本人ってさぁ」と批判するのは簡単ですが、それでは病が治らない。日本人である自分の中にも仲間はずれ欲求は確実にあることを自覚しつつ、その欲求を外に出さないようにする訓練が我々には必要な気がします。

タラレバ娘と負け犬先輩

東村《ひがしむら》アキコさんの人気マンガ『東京タラレバ娘』がドラマでも放送されていた、この春。痛楽《いたたの》しく見ていたアラサー女性が多いことでしょう。

このドラマを見て私は、郷愁が刺激され、鼻の奥がツーンとなったことでした。そして、

「まだやってんだ……」

と心の中でつぶやいた。

タラレバ娘とは何かと申しますと、「あの時、あの男と別れていなけ〝れば〟、私は今頃二児の母」とか「もっと痩《や》せ〝たら〟、幸せになれるはず」などと、タラ&レバ系の話で大盛り上がりしながら女子会するのが楽しすぎて、婚期を逃しまくっている女性のこと。

そして来し方を思い起こせば嗚呼、私も得意でしたよタラレバ話。

「この前誘ってきた男が、もっとイケてる人だっ〝たら〟よかったのに……」

「え、死んだ気にな〝れば〟、一回くらい平気でしょ！」

などと話すのは大層楽しかった。現代のタラレバ娘達は居酒屋でクダを巻いているようですが、バブル世代の我々は、港区あたりのイタリアンでポルチーニなんたらとか食べつつ、雁首を揃えていたものだったっけ。

……などと回想しつつ思ったのは、「ちょっと待て。それってもう何年前なのよ」ということです。自分、及び自分の周囲にいる独身女性達について書いた『負け犬の遠吠え』という本を出したのは、二〇〇三年、すなわち今から十四年も前のこと（当時）。

「負け犬といくら嗤《わら》われようと、我々を見た後輩達が、『ああはなりたくない』って思ってくれれば本望」

「我々は人柱になるのね！」

などと覚悟を決めていたというのに、十四年も経ってまだ事態は変わっていないとはこれいかに。我々が人柱になった意味はあったのか……？

『東京タラレバ娘』は、マンガもドラマも面白いのです。三十代の独身女が、不倫していたりセカンド女だったり妊娠してるか否かでやきもきしたりするのは、昔も今も同じ。だからこその「まだやってんだ……」という感想になる。

いやでも私、書いたよね？『負け犬の遠吠え』巻末につけた「負け犬にならないための十ヵ条」のイの一番は、「不倫をしない」だったはず。ついでに言えば「負け犬になってしまってからの十ヵ条」にも「特定の負け犬とだけツルまない」って、書いたよね？

だというのに今なお三十代は、女同士で集まって不倫トークなどしているのか。ま、三十歳にとって十四年前といったら十六歳。そんな本は知らなくて当然ですが、とはいえあまりにも教訓が生きていないのではないか。

今は特に、不倫への風当たりが強い時代。ベッキーさんにしても、三十代で不倫をしてしまったが故に、婚期がどれほど遠ざかったことか。道徳の時間でも保健体育の時間でも、何なら国語の時間でもよいので、「不倫をしない」ということを青少年に叩き込んでおく必要があるのではないかと、真剣に思います。

既婚者同士の不倫なら、刺激の少ない結婚生活におけるスパイスになり、セックスレスの不満解消にもなるのかもしれません。が、男性が既婚者で女性が独身というベッキー型の不倫は、不毛以外の何物でもない。不倫で無駄な年月を過ごすことによって、女性側の卵子は着々と老化。不倫の防止は、保育園を増やすことと同等もしくはそれ以上に、少子化対策としても効果的だと思うのですが。

『東京タラレバ娘』のコミックスの巻末には、おまけマンガがついています。それによると東村アキコさんは、行く先々でアラサー独身女性から、悩みや体験談を吐露《とろ》されるのだそう。それを読んで私は、「これまた同じ！」と、思ったことでした。

『負け犬』を出した後、インタビューに来てくださる独身の女性編集者さんやライターさん達は必ずと言っていいほど、鬼気迫る表情で、「私って……」と、負け犬トークを綿々と始めたもの。次第に、自分が傾聴ボランティアと化していくのを感じたものです。

三十代の独身女は、どうやら減る気配ナシ。そしてそんな女性達は、頭を撫《な》でつつも尻を蹴飛ばしてくれるような物語を必要としている、ということなのでしょう。

私の時代は、まだ日本に『タラレバ娘』のような痛楽しい物語は存在していなかったので、『ブリジット・ジョーンズの日記』『アリー my Love』『セックス・アンド・ザ・シティ』等の外来負け犬モノを見たり読んだりして、渇《かわ》きを癒していました。しかし今は『東京タラレバ娘』があり、そしてこれからもその手の物語は出てくるに違いありません。

十四年前に負け犬だった友人知人は、結婚した人もいれば、そうでない人も。独身のままの人も、今となっては健康とか親の問題に気をとられ、昔のように結婚に対してヒリヒリした思いは抱いていない。タラレバ娘を見ても、「若いね……」という感じなのです。

そんな先輩を見るのは、怖いことかもしれません。が、怖いからといって目をそらさず、正しい目標に向かって走れ、タラレバ娘！　……と、私は言いたい。

〈追記〉ベッキーさんは二〇一九年に結婚。よかった。

昭恵《あきえ》夫人とホイチョイ文化

森友学園騒動のさなか、渦中の安倍昭恵さんa.k.a.アッキーが、「私をスキーに連れてかなくても行くわよ」というイベントに参加した、というニュースが流れました。そのことを揶揄するような人もいましたが、ある意味で「偉い」と思った私。

世間の注目が集まっている時ですから視線を避けて、ひきこもる手もあったはず。だというのに自身が名誉会長を務めるイベント、それも名前だけ聞くとかなり軽〜い響きのイベントにきちんと出席するとは、と。

このイベントの名前は、もちろんバブル期の映画『私をスキーに連れてって』から来ています。「安倍昭恵と行く80年代のスキー復活！」ということだそうで、一九六二年生まれで八〇年代に青春を過ごした昭恵夫人としても、楽しみなイベントだったのかもしれません。

今、スキー人気はかつてのようではありません。バブル期は、男の子が皆、車を持っていたので、女の子のスキー板も積んで「連れてって」くれましたが、今の若者は車もスキーも面倒臭いのでしょう。往時の女性は男性に連れていってもらうことを待っていたわけですが、今時の女性は「連れていってくれなくても行く」くらいではないと、楽しむことはできないのです。

しかしこれは一体、どのようなイベントなのか……と調べてみますと、今年で三回目の開催で、「80年代スキー復活実行委員会」が主催とのこと。その委員会の名誉会長が昭恵夫人で、顧問はホイチョイ・プロダクションズの馬場《ばば》康夫《やすお》さん。ディスコ系DJの名前も並んでいます。

ホイチョイ・プロダクションズの馬場康夫さんといえば、『私をスキーに連れてって』の監督。おお、これは本家のお墨付きイベントということなのですね。

期間中には「80年代アフタースキーイベント」というものも開催されたそうなので、きっと夜はディスコミュージックで中年達が盛り上がったことでしょう。バブル世代の私としても、つい「楽しそう……」と思ってしまいました。

が、これは単なる軽～いイベントというわけでもなさそうです。名誉会長の「ご挨拶」の文章によれば、「地元の方々と一緒に楽しみながら東北を応援するひとつのかたちを模索」してきた、とのことで、これは東北の観光を盛り上げるためのイベントなのです。

楽しみながら何かのためになることをするのは素晴らしい、と思う私。善行というのは、必ずしも真面目な顔でしなくてはならないものでもあるまい。この手の軽めのイベントに首相夫人が協力するというのは、今までには無かったケースでしょう。

そこでふと思い出したのは、ホイチョイの馬場さんは確か安倍首相と同級生ではなかったっけ、ということでした。安倍首相と言えば、吉祥寺にあるお坊ちゃま・お嬢様学校である成蹊で、小学校から大学まで学んだ方。そしてホイチョイ・プロダクションズも、小学校からの成蹊の同級生達で結成されていたはず。安倍首相と馬場さんは、同年生まれの同級生なのです。

ホイチョイ・プロダクションズと言えば、『私をスキーに連れてって』のみならず、『気まぐれコンセプト』など、バブル期にその実力を世に知らしめ、そしてバブルっぽい事象を表現することに長けた人達。受験をせず、遊びに力を傾注できたからこその作品群かと思われます。

その辺りは、下からずっと聖心育ちの昭恵夫人とも気脈が通じるところでしょう。さらに昭恵夫人は、電通に勤めていたこともある身。ホイチョイの代表作『気まぐれコンセプト』に出てくる「白クマ広告社」の業界ギャグも、歴代ファーストレディにはちんぷんかんぷんかもしれませんが、昭恵夫人ならきっと、理解してくれるはずです。

「私をスキーに連れてかなくても行くわよ」にしても、昭恵さんは「夫の同級生も関係しているのなら……」と、名誉会長を引き受けたのかも、と邪推する私。そのフットワークの軽さは、軽さを楽しむことができる世代である昭恵夫人の、良いところだと思うのです。

実は私も、昭恵夫人とは対談をしたことがあるのでした。『子の無い人生』という本を出した時、「日本で一番有名な子ナシの女性といえば……、昭恵夫人！」と思い、ダメもとで対談をお願いしたところ、お引き受けくださったではありませんか。

「ま、まさか……」

と緊張してうかがった私でしたが、昭恵夫人は気さくにそして忌憚《きたん》なく、ご意見を聞かせてくださったのです。

このような例を見てみても、昭恵夫人はかなり懐《ふところ》の深い方とお見受けするのでした。立場のある方というのは、面倒臭いことを避けるために「危うきに近寄らず」となるのが普通かと思いますが、昭恵夫人の場合は邪気無く、オープンマインドで様々な人と接触するのですから。そして籠池《かごいけ》夫人とのメールのやりとりを見ると、何か問題が起きても、〝ドロンする〟という手にも出ない模様。

森友問題の場合、カジュアルな気質が裏目に出たということなのかもしれません。が、「軽さ」というのは「普通の感覚」ということでもある。色々と大変かとは思いますが、これからも良い意味での軽さは持ち続けていただきたいと、バブル世代としては思っております。

〈追記〉コロナ騒動の中、昭恵夫人が大分の神社へ行っていた、ということが話題になっていた。こちらは、軽いフットワークが裏目に出た行動と言えよう。

で、誰が看るの……？

ポストから新聞を出してダイニングで眺める、などというのはすでに時代劇の中の行為のようだなぁ、などと思いつつとある朝に新聞を広げると、一面トップに「入院病床　1割減らす計画」「在宅医療促す」という見出しがありました。

団塊《だんかい》の世代が皆、七十五歳を超え、高齢化がピークを迎えるのが、二〇二五年。その時点での医療の提供体制を示す「地域医療構想」というものの方針が、在宅医療への切り替え促進。それによって医療費の削減を目指す模様です。

この記事を読んだ私がまず思ったのは、

「で、誰が看るの……？」

ということでした。

それというのも今、まさに在宅医療を受けている最中の身内がおり、そのケアはかなり大変だから。

私の身内の場合は、家に看護の主体となる専業主婦がいたからこそ、可能となった在宅医療。しかし夫婦が共に働いている場合、病院から「もう家に戻ってください」と言われたら、看護の担い手は職を捨てなくてはならないことになりましょう。

在宅医療の現場においては、訪問看護の医師、看護師が頻繁に来てくださるのです。とはいえ、たとえばトイレに行きたい病人に呼ばれたら、夜中でも早朝でも、家の者が対応することになります。看護する人は、次第に看護師なみの技術を身につけるようになってくる。

家に病人がいる間はずっと、看護する人は家に縛《しば》られ、緊張状態が途切れることがありません。体力・気力は次第にすり減っていくことに……。

我が家の場合、看護主体は四十代なので、それでも体力はまだあるのです。が、今回の「地域医療構想」によると、主に高齢の患者を在宅に切り替える、という主旨のよう。となるとますます、「誰が看るの?」という疑問は強まります。高齢者の配偶者は、トランプさんのような人でない場合は、たいてい高齢者。老夫のことは老妻が、老妻のことは老夫が看る、ということになるのか。

一九七八年の厚生白書には、同居は、わが国の「福祉における含み資産」なのだ、と記されていました。二世代、三世代で同居をしている世帯では、嫁《よめ》が親の面倒を見るので、その分、福祉の費用が浮く、ということなのでしょう。

嫁達にとってそれがあまりに負担であったからこそ、核家族化はどんどん進みました。今さら四十年前に戻れとは言わないよね……とは思うのですが、しかし三世代同居に補助金を出したりして、同居促進しているのが安倍政権。首相ご自身の嫁姑の仲は悪化していると巷間噂されていますが、国民に「親と同居して、なるべく医療費をかけずに、家で面倒をみてくださいね」と言うのです。

家で療養するのは、悪いことではありません。住み慣れた家で人生を終えたいと思う人も、いることでしょう。

が、これについても意見は分かれるところなのです。男性に聞くと、

「病気になっても、なるべく家にいたいねぇ」

「家で死ぬのが男の夢だ」

などと言うのですが、女性に聞くと、

「病院がいいわぁ。ご飯だって出てくるし」

「下手に身内に看護を頼むより、仕事として看てくださる人の方が、こちらも気がラク」

という意見。

つまり男性は、「家の誰かが俺の面倒をみてくれるだろう」という感覚であり、看護を担う誰かの負担については考えずにいるのに対して、女性は「身内に迷惑をかけるのは嫌」という思いから、病院派となる。

家事、育児を手がける男性は増えてきましたが、看護や介護となるとまだまだ、なのでしょう。「女が男をケアするのが当たり前」という感覚の男性は多く、自分が家で幸せに逝《い》くことさえできれば、後はどうでもいいという感覚なのではないか。家の中での看護や介護を男性も担い、その苦労がわかるようになると、彼等の考えも違ってくるのかもしれません。

さらに心配になってくるのは、自らの老い先です。我々が老いて人生の最期を迎える頃には、単身者は今よりずっと増加していることでしょう。私のような子なしの者は、

「もう病院にはいられませんので、家に帰ってください」

と入院中に言われたとて、家に戻って自分で自分を看るしかないという、自自看護状態に。

病院から家に戻ったら看護してくれる人がいるというのは、今となってはかなり贅《ぜい》沢《たく》な状況なのです。それは配偶者であれ子供達であれ、専業主婦／主夫が家にいる、

ということなのですから。

そんな恵まれた人でなくても、家で病人を看ることができるシステムがしっかりと確立され、手厚いサポートを受けられるのであれば、在宅医療への移行は歓迎すべきなのでしょう。看護する人が働いていても、仕事を辞めずに済む。また単身者も、家で安心して療養することができる。そのようなシステムさえ構築できれば私も「家に帰りたい」と思うかもしれませんが、しかし今のままだったらやっぱり……、どうにかして病院にしがみついていたいものですね、はい。

『きょうの料理』は進化する

料理番組を眺めるのが好きな私。中でも、やはり老舗《しにせ》&王道であるNHK『きょうの料理』は、最も好きな番組です。子供の頃は、親が買ったテキストを飽かずに眺め、「美味しそう……」と思っていたものでしたっけ。

錚々《そうそう》たる料理研究家、そして料理人達が『きょうの料理』では講師を務めてきました。江上《えがみ》トミや村上信夫《むらかみのぶお》といった名前は、オールドファンには懐かしいところ。

この番組は、老舗ではありますが、進取の気性にも富んでいます。その時々に話題の料理人が講師になったり、流行りの料理も取り入れる。二十分きっかりで献立《こんだて》を作る「20分で晩ごはん」といった、斬新なシリーズもあります。

先日、私が番組を見た時は、その日が『きょうの料理』デビューという、若い女性料理研究家さんが登場しました。いかにもフレッシュマンの季節に相応しい企画であり、

「すごく緊張しています!」

と、彼女は言う。

若手にとっての『きょうの料理』は、まさに晴れ舞台と言えましょう。緊張するのも無理はありません。

新人講師をヘルプすべく、アシスタントとして付くのはベテランの女性アナウンサー。新人講師は、若手らしく冷凍うどんを活用した料理を紹介しました。途中、塩コショウを入れるのを忘れたりと微笑ましい失敗もありましたが、何とか無事に作り終えた時は、アナウンサーと喜び合う姿がまた、初々しかった。

昔は『きょうの料理』というと大家が出る印象があったけれど、時代は変わったものだなぁ。……と、その新人女性講師のことを調べてみると、若い女性達に人気の料理研究家らしく、モテ系料理を得意としています。すなわち、それほど手間をかけずに、当たり前の材料でさらっと美味しいものを作る、的な。

かつての『きょうの料理』は、家庭の主婦のための番組でした。毎日のおかずに悩む主婦達が、この番組を見てヒントを得ていたのです。

しかし今、料理の技を必要としているのは、家庭の主婦だけではありません。『きょうの料理』でもそんな事情に対応しているのであり、男性アナウンサーと男性講師が料理を作るという、男性向けの回もあるし、ズブの素人《しろうと》向けの『きょうの料理ビギナーズ』も。

さらに今、切実に必要とされているのが、独身者のための「モテ料理」です。生涯未婚率が過去最高となった今、結婚難は深刻です。そんな中で「美味しい料理を作ることができる」という技術は、男女を問わずモテポイントに。自分が作った料理をSNSにアップすれば、周囲に対しておおいにアピールすることができるのです。

モテ料理系の若い料理研究家が『きょうの料理』に登場した背景には、そんな事情があるのでしょう。かつて、料理研究家を目指していた知人は、

「この仕事は独身だと信頼されないから、早く結婚して子供を産まなくては」

と焦《あせ》っていましたが、今は必ずしも家庭持ちでなくとも、料理研究家稼業は可能。いかにもモテていそうな独身女性が作る料理も、市井の独身女性達を「これを作ればモテるかも！」という気にさせてくれるのですから。

そういえば先日、電車に乗っていると女子高生が、

「何で体育とかあるのか、意味わかんない」

と、友達と話していました。

「体育なんかできたって、意味ないじゃん。体育の代わりに家庭科で料理作る時間とか増やしてもらわないと、女子力つかないよー」

と言っていたのです。

嗚呼、今やJKの頃から女子力のことを気にしなくてはならないのか。それほどモテ市場における生存競争は厳しいということでしょう。自分の頃を思い起こせば、家庭科など「うざっ」という感じの授業でしたが、今時のJKは女子力アップのために必須、と考えているのです。

料理とか裁縫《さいほう》とか、面倒臭い……。と思って家庭科に真剣に取り組まなかった我々世代の中には、私も含めて「家庭」に入らないままに過ごしてきた人もたくさんいます。ではその手の人達は今、いわゆる家庭科的な作業が不得手なのかというと、意外にそうではありません。

いい年をして独身の男女を見ていると、料理上手の人が非常に多い。男性の場合は、料理にこだわりを持ちすぎるあまり並の女性では満足できなくて独身、という凝《こ》り性《しょう》の人がいます。女性もまた、長い独身生活の間に様々な男性と交際するうちに、相手の好みに合わせた料理を作ることに習熟するという、『深夜食堂』のマスターのような料理の手腕の持ち主がいたり。独身歴が長い男女達は、子供のためのＡＢＣポテトやらハンバーグやらを食べずに過ごしてきましたし、自らのお金で食べたいものを食べてきた。……ということで、老練な舌の持ち主だったりするのでした。

先日もある独身中年女性が、

「薫製機《くんせいき》、買っちゃおうかな」

などと、オヒョイさんばりのことをつぶやいていました。このように、長い独身歴を持つ人の料理技術は専業主婦とはまた一味違うものなのであって、『きょうの料理』でもその手の講師を招いてのシリーズも案外よいのではないか、と思う次第です。

「お盛ん」女性の生きる道

性に対して積極的な女友達がいます。つまり「お盛ん」なのです。

彼女は独身なので、どれほどお盛んであろうと、何ら問題はありません。しかしネットで出会った相手と……といった行為は、友人達にはウケが悪い。

「あんなことした、こんなことしたって、しょっちゅうLINEしてくるのよ。一回は勝負下着の写真まで送ってきて、もう勘弁してって感じ……」

とか、

「私って締まりがいいみたい、とか自慢されたんだけど、キジカナかっつーの。それ、締まりっていうより、単に乾いてしぼんじゃってるだけでしょう！」

とか。

中年、すなわちセックスレス盛りのお年頃の我々。同世代の「お盛ん」話は、羨ましいを通り越し、生々しすぎて気持ち悪い、という反応が多いのです。私も、彼女の話を聞いていると「すごい」と思うわけですが、そこには恐怖に近い気持ちも混じっている。

「お盛んな中年」という存在に対する反応は、それが男か女かでずいぶん異なります。私は本欄にしばしば「性豪氏」という実在キャラクターを登場させていますが、氏はお盛んな〝男性〟。彼もまた周囲から「すごい」と言われているけれど、そこには「特別な容姿や財力を持つわけでもないのに、常に相手、それも素人に事欠かないのは尊敬に値する」という感覚も入っています。

しかし、お盛んな中年女に対する「すごい」には、多分に揶揄のニュアンスが含まれるのです。お盛んな男性には尊敬の視線が向けられることもあるのに対して、お盛んな女性には「どこかおかしいのではないか」という反応が。「淫乱」にしても「色〇チガイ」にしても、女性にのみ使用される言葉なのですし。

考えてみれば、一般的に「若いほど良い」とされるのが我々女。容姿も衰えた中年女からしたら、性のお相手を見つけるだけでも困難なはずです。そんな中で「お盛ん」でいられるのはある意味で立派だと思うのですが、そのあたりが考慮されることはありません。

そういえば源氏物語にも、源典侍《げんのないしのすけ》という印象的なエロババアが登場します。彼女は初出時、五十七、八歳にして、十九歳の源氏と「して」しまいます。のみならず、その噂を聞いた源氏の親友の貴公子とも、事に至る。

源氏も、いかに色好みといえど四十歳年上の人と、というのはどうなのだ。……と思うわけですが、源氏をその気にさせた源典侍もすごい。六十近くにしてそれだけ意《い》気軒昂《けんこう》ということは、それまでの人生もずっと、性に対してはアグレッシブに生きてきたのでしょう。

彼女をこそ「女性豪」と呼びたい私ですが、しかし源氏物語の中では、道化役でしかありません。源氏もまた、性的好奇心を抑えることができないという意味では源典侍と同じ性質を持つにもかかわらず、男の場合は「モテモテ」と認識されるのに対して、女の場合は「淫乱」になってしまうのは、平安時代もまた同じこと。

最近では、タイから強制送還された、六十二歳の女性のことが印象に残ります。ただ逮捕されただけならそれほど話題にならなかったのでしょうが、彼女は年齢の割に露出度が高い若見えの服を好み、三十歳ほど年下のタイ人男性と暮らしていたのだそう。

あるワイドショーでは、

「三十も下の男と暮らしてたっていうじゃありませんか」

と、男性司会者が憎々しげに言っていました。が、それに対して女性コメンテータ

ーが、

「誰と住もうが別に構わないと思うんですけどね」

とサラッとかわしていた。男性司会者は「その年になってまだ性的に枯れずにいようとするか」と、叩きたかったのだと思いますが、コメンテーターはそこに非対称な視線を察知して、スルーしたのです。

お金を持つ男性が、若い女性と再婚したり付き合ったりするのは、よくあるケースです。トランプさんだってポール・マッカートニーだって、そうしている。お相手の若さは、自分の経済力と交換することができるのです。

対して女性は、たとえお金があってもなかなかその手の行為に出なかったものだけれど、いる所にはいるのだなぁ。……と、容疑者（当時）の罪は罪として、その「だってやっぱり若い方がいいじゃないの」という素直な欲求の発散ぶりに対しては、私も素直に畏敬《いけい》の念を抱きました。

長きにわたって、日本女性は「いやよいやよ」とか言いながら、性的に旺盛《おうせい》ではないフリをしてきたけれど、そろそろ我慢がきかなくなってきた女性も、いるようです。草食流行りの今、「いやよいやよ」とか言っていたのでは、一生セックスなどできなくなってしまいます。性力旺盛、と自任する女性は、自らの欲求を充足させるために、積極的に海外に打って出たり、ネットを活用するようにもなったのであり、それを日本男児が今さら責めたり嗤ったりすることができましょうか。

そんなわけで、お盛んな我が友人にも、心中で「突き抜けろ！」とエールを送っている私。いつか自分と同程度の性欲を持つヒヒオヤジと出会って、エロババアとしての道を全うしてほしいものだと思います。

「輝き」の後の物語

『T2　トレインスポッティング』を見てきました。これは一九九六年の映画、トレスポこと『トレインスポッティング』の続編。

二十年前、『トレインスポッティング』とは英語で鉄道おたくの意味、と聞いて「へー」と見に行ったら鉄道の話は出てこず、それはヘロイン中毒の若者達の話でした。どうやら『トレインスポッティング』とは、舞台になっているスコットランドのエディンバラにおいては、「ヤク中」の隠語のような使い方をされている模様。

とはいえヤク中の話も嫌いではない私、トレスポを楽しんで観たわけですが、それから二十年。あのヤク中達はどうなっているのか、というのが今回の『T2』。

かつてのヤク中達は、ダメな大人になっていました。ダメな二十代には、若者ならではの勢いがありますし、それがお洒落にすら見えるわけですが、ダメなままで四十代になると、漂うのは悲愴感です。

私はこの映画を観つつ、身につまされる気分にもなっておりました。無事に大人になったものの、若い頃はかなりダメだった自分。『T2』を一緒に観たのは、そんなトレスポ時代を共に過ごした友人だったのであり、

「一歩間違えれば我々も……」

と、観終わった後にしみじみした気分に。

思い起こせば若い頃、我々は知的な方には向きづらい好奇心を抱えていました。校則やら規則やら、様々な「則」をせっせと破ることの方が、ずっと楽しかったのです。かといって我々は「大人に反抗したい」という面倒な気持ちは、持っていませんでした。大人達とはうまくやって不良のレッテルを貼られることもなく、水面下でストレスフリーに「則」を破っていた。

「あの頃、『不良』って言われた人達ってさ、性格とか人格が良くない人っていうことじゃなかったのよね。単に、規則の破り方が下手な人、っていうだけの話。『ワル』って、要領がワルい人達のことなのよ」

と、今となっては優雅な専業主婦生活を送る友人は語っておりました。

大人になってしまえば、自らを縛る「則」はグッと減り、「則」を破る醍醐味も減ってきます。だからといって法律を破ってしまうとそれはそれで面倒なわけで、ダメ

な若者も、次第に普通の大人に。年をとれば誰しも、「まったり」とか「落ちつき」を求めるのであり、やんちゃなノリを続ける方がずっと難しい。『T2』は、人にやんちゃ時代の輝きを思い起こさせる映画なのです。

トレスポ時代を反芻する一方で、私が最近よく見ているテレビドラマは、噂の『やすらぎの郷』です。倉本聰《くらもとそう》脚本のこのドラマの舞台は、テレビ業界で活躍した人だけが入ることができる老人施設「やすらぎの郷」。

主演は、石坂浩二《いしざかこうじ》。他に八千草薫《やちぐさかおる》、浅丘《あさおか》ルリ子《こ》に加賀《かが》まりこ、野際陽子《のぎわようこ》……と、子供の頃からテレビで活躍していた有名俳優達ばかりが登場し、かつて芸能界の華やかな光を浴びていた人達の老後という、これもまた『T2』と同様に、「輝き」の後の物語なのでした。

倉本聰氏はインタビューなどで、大原麗子《おおはられいこ》さんの死が、ドラマ執筆の一つのきっかけと語っていました。あれほどの女優が一人で死に、その後数日発見されることもなかったとは、と。

だからこそ「やすらぎの郷」は、至れり尽くせりのサービスでその上無料という、理想郷のような施設となっています。これを見た人は誰しも、「ああ、自分が属する業界にもこのような『老いたOB・OGを無料で面倒見てくれる施設』があったらなぁ」と思うことでしょう。

しかし当然、そんなうまい話はありません。老後、素敵な施設に入ろうとしたら、尋常でないお金が必要。高齢単身世帯が多い今、誰もが「私も大原麗子に」という不安を抱えているのです。若者達は、「こんなうまいことがあるはずがない」と思いながらも、一抹の夢を託して恋愛ドラマを見るわけですが、中高年達も、同じ感覚で『やすらぎの郷』を見るのではないか。

『やすらぎの郷』を嚆矢《こうし》とし、これから高齢者ドラマは増えていくに違いありません。出版界では既に九十代ブームが到来しており、佐藤愛子《さとうあいこ》さんなど、高齢著者の本がおおいに売れています。テレビ界でも、かつての黄金時代を知る人達がもう一花咲かせる、ということになるのではないか。

『T2』を見て来し方を、そして『やすらぎの郷』を見て行く末に思いを馳せる私。トレスポ的な若者は早く死んでしまうことも多いけれど、それはそれで一つの道であり、人が長く生きるようになったが故に出てくる諸問題の方が、今は深刻です。そして今の高齢者の場合は、戦争に耐え、高度経済成長期を支え……と、大切にされる理由があるけれど、ずっとのほほんと生きてきた我々が高齢になっても、若者から「なぜあの人達のために」と思われるのではないか。

既に九十代ブームが到来していることを考えると、自分が高齢になる頃には、高齢者ネタも書き尽くされていることが予想されます。文筆業者が無料で入ることができる老人施設ができないかなー、できないよなー、と思いつつ、石坂浩二の動向から目が離せない私なのです。

チビ鉄子の未来

「人は女に生まれるのではない。女になるのだ」

と記したのはシモーヌ・ド・ボーヴォワールでしたが、

「鉄ちゃんは、鉄ちゃんになるのではない。鉄ちゃんに生まれるのだ」

と言ったのは、さる鉄道マニアの男性。私が、

「いつ頃から鉄道好きになったのですか？」

と、訊《たず》ねた時でした。

答えを聞いた時、「愚問であった」と臍《ほぞ》をかんだ私。確かに男児というものは、まだベビーカーに乗っているうちから、母親を線路脇に誘導して、行き交う列車をじっと眺めていたりするものです。

そんなナチュラルボーン・鉄ちゃんである男性がこの度、定年退職することになりました。私がまた、

「退職後はどうされるので？」

と愚問を投げかけると、

「悠々自鉄に決まってるじゃないですか」

と、満面の笑み。

そう、生まれながらの鉄ちゃんにとって退職は不安でも何でもなく、存分に鉄ちゃん活動をすることができる、鉄人生のスタートだったのです。

昨今は女性の鉄道好きも見かけますが、その多くは人生の途中から鉄道好きになっています。「鉄道が好き」という感覚には明らかに男女差があるのです。

私も鉄道好きということになってはいますが、男性鉄ちゃんとは全く違う愛し方。中学生の時に宮脇俊三《みやわきしゅんぞう》作品を読んで目覚めたという、鉄道ファンと言うよりは鉄道文学ファンですし、乗りつぶしなどどうでもいいし、車両もダイヤも全く詳しくない。ただ乗って揺られているのが好きというだけなので、マジな男性鉄ちゃんからは、

「酒井さんは本当に鉄道が好きなんですかッ！」

と、義憤混じりにしばしば問い詰められる。いやそう言われると、「本当に好き」じゃないのかもしれませんよね……。

そもそも「鉄ちゃん＝男」というスタンダードがあるので、現在の鉄ちゃん業界で

は、女性鉄道ファンが、一生懸命に男性に合わせようとしている様子が見て取れます。それは「奇矯《ききよう》なくらい鉄道が好きなマニアぶりっ子」を頑張ってしている感じ。

それは、キャリアウーマンが男並みに働こうとしている様子にも似ています。男性のやり方がスタンダードとされている世界において評価を得るために、女性はどうしても「女のやり方」を捨てざるを得ない。

しかしそんな中、私の知り合いに一人、明らかな「ナチュラルボーン・鉄子」がいるのでした。彼女はまだ、幼稚園生。だというのにプリキュア遊びなどには興味がなく、プラレールで遊ぶのが大好きで、

「子供部屋の絨毯《じゆうたん》も、線路柄にしてあげました……」

と、ママ談。

近所に住んでいるので、たまにその親娘とおしゃべりをするのですが、パパもママも、全く鉄道には興味がありません。が、娘は突然変異なのか生まれながらに鉄道好きなのだそうで、

「好きな路線は？」

と聞いたら、

「京急」

とのこと。ママによれば、特に教えてもいないのに、山手線のゲージ（線路の幅）と京急のゲージは違うことも見抜いたのだそうです。

鉄道が好きなだけでなく、バレエもピアノも好きな彼女はとっても可愛くて、会う度《たび》に鉄道本や鉄道グッズなどをあげている私。

「じゅんじゅん（私のこと）と一緒にでんしゃ乗りたーい」

などと、可愛いことも言ってくれるではありませんか。ああこの子はどんな大人になるのかしら……。

親御さんも、「娘が好きなら」ということで、せっせと彼女を色々な鉄道に乗せている模様です。先日も、

「近場で日帰りができて、どこかいい路線ありますか？」

とママに聞かれたので、千葉の小湊鐵道《こみなとてつどう》といすみ鉄道を推薦。おおいに楽しんできてくれた模様です。

そんなチビ鉄子を見ていると、私は「新しい時代が到来したのかもしれぬ」と、思うのでした。彼女が大人になったならば、今の鉄ちゃんぶりっ子女性のように、無理に「男並み」にならなくてもよくなっていることでしょう。鉄道業界にも、もっと女性が進出しているに違いありません。

かく言う私は最近、以前にも増して、のんびり鉄旅が好きになってきました。京都に行く時も、かねて「もっと新幹線に長く乗っていたい」と思っていたもので、最近はのぞみではなくひかりに乗るように。のぞみよりも二〜三十分、長く新幹線に乗ることができるのです。

より速く、より多く……を求めるのは、もしかすると男性的感覚なのかもしれません。三十分早く目的地に着けばよりたくさん仕事ができる、ということが今までは重視されたのでしょうが、これからは三十分長く列車に乗ることによって生まれる心の余裕の方が大切になってくるのではないか。

近所のチビ鉄子ちゃんが大人になる頃には、より速く、より多くの時代は終わっているかもしれません。そうなったら、リニア新幹線なんて必要なのかしら……と、少し不安な私。とはいえまぁ、完成したら乗ってしまうとは思うのですけれど。

眞子《まこ》さま婚約で㊔女性は……

眞子さまご婚約へ、という報をテレビのニュース速報で見た時、しみじみ「よかったねぇ……」という気持ちになったのは、私だけではないことでしょう。妹の佳子《かこ》さまにスポットライトが当たることが何かと多く、お姉さんの眞子さまは大人しめな印象だったけれど、彼女も若い時代を楽しんでいたのね、と。

皇族として生まれた女性は、それだけで結婚にあたって一つのハンデがあると言ってよいでしょう。かねて日本では、年齢でも身長でも学歴でもキャリアでも、様々な面で女よりも男の方が少し高い方が、カップルはまとまりやすいとされています。そんな中にあって皇族の女性というのは、身分が尋常でなく㊔。普通の男性の場合はなかなか、恋愛対象として考えにくいのではないか。

紀宮《のりのみや》さま、すなわち現・黒田《くろだ》清子《さやこ》さんは三十代後半でのご結婚でしたが、その独身時代を眺めつつ、我々は「皇族の女性が結婚するのは難しそうであることよ」と思っていたものです。そして今も皇室には、三十代で独身という女性皇族が三人、いらっしゃる。

さる筋の話によると、女性皇族のご結婚相手探しというのは、自己責任において行われる模様です。一般庶民であっても、結婚相手を見つけるのは難しい今。身分が㊣、というハンデがある女性皇族の場合はなおさらなのだから、国とか宮内庁とかがお相手を見つけてさしあげてもよいのに、と庶民は思う。

女性皇族の場合は、身分という面がずば抜けて高いわけですが、身分のみならず様々な面で㊣という女性が結婚相手を見つけるのに良い手段として考えられるのは、「早めに手を打つ」ことではないかと私は思います。たとえば偏差値が㊣の東大女子は、

「社会に出てしまうと、東大出身というだけで敬遠されそうなので、とにかく在学中に相手を見つけて早めに結婚したいと思います」

と言っていましたっけ。そういえば東大出身の菊川怜《きくかわれい》さんが結婚された時、「とくダネ！」において小倉《おぐら》さんは、菊川さんの結婚相手について、

「三十九年間待ってよかったなというお相手です」

とおっしゃったそうですが、その後、様々なスキャンダルが報道され、視聴者は

「三十九年間、待っててよかったのだろうか……」という気分に。

また知り合いで、一七八センチという身長が㊖の女性がいるのですが、彼女もまた、大学入学と同時に、自分より身長が高い男子学生にロックオン。

「顔なんかどうでもよかった。身長が高すぎる私は、とにかく自分よりデカい相手を早めに押さえておかなくては未来は無い、と思ったの」

ということで、とにかく押しの一手で交際を進め、やはり社会人になってから間もなく結婚しました。

このように㊖女性というのは、なるべく早めに、戦略的にそして自主的に、お相手を見つける努力をしているようです。㊖女性が「待ち」の姿勢をとってしまうと、変な人が寄ってきがち。件の高身長女性は、

「若い頃はよく、ＳＭの女王様になりませんか、ってスカウトされた」

と言っていましたが、身分や経済力が㊖という女性にもまた、「この人の身分やお金を利用して……」という、ケレン味たっぷりの男性が寄ってきそうではありませんか。

だからこそ私達は、眞子さまの二十五歳というお早い婚約に対して、おおいにほっとしているのです。かつて「女は二十五歳を過ぎたら売り物にならない」というクリ

スマスケーキ説というものがありましたが、今の世の中において二十五歳で結婚を決めるというのは、早婚の部類。週刊現代には、「心配です『海の王子』の給料でやっていけますか」と記してありましたが、賢い眞子さまは、二十五歳時点の給料云々よりも、早く結婚をしておいた方がよかろう、と判断されたのではないか。

学生時代の交際相手と結婚するか否かは、早婚と晩婚の分かれ目です。「就職したら、もっといい人がいるだろうし〜」と学生時代の交際相手と別れて社会という大海原に出た途端、不倫やら残業地獄やらに巻き込まれていつの間にか子供が産めない年齢に……という女性が、どれほどいることか。

また日本のマスコミは、カップルの恋愛時の情報が漏《も》れると「熱愛」「密会」などとはやしたてますが、最初から「結婚します」と宣言する場合は、優しくしてくれるものです。眞子さまカップルは学生時代から交際を続けていたということですが、いきなり婚約内定の発表、というのも、皇族としては理想的な展開なのでしょう。

眞子さまより若い女性皇族と言うと、もう佳子さまと愛子《あいこ》さましかいません。彼女達はきっと、眞子さまの例を見習って、身分が㊔というハンデを乗り越えようとされるのではないでしょうか。

女性宮家創設の議論も始まる今、「結婚しても皇族のまま」となったとしたら、女性皇族の結婚はますます難しいものになるかもしれません。そんな中での眞子さま婚約内定のニュースは、世の様々な㊒女性達にとっての生きるヒントともなるような気がするのでした。

〈追記〉その後、小室さんには様々な問題が発覚。二〇二〇年現在、まだ結婚は決っておらず、眞子さまは二十八歳になられた。

ＳＮＳ時代の「しくじり」

「しくじり先生」というテレビ番組が好きです。「芸能人から話を聞く」というバラエティ番組は数あれど、そのほとんどが陰陽で言うなら「陽」の部分の話を聞いているのに対して、この番組が着目するのは「陰」の部分。「自分はなぜ失敗してしまったか」を授業形式で話していくのです。

「安易にハンコを押して保証人になっちゃった間寛平《はざまかんぺい》先生」「子役で大成功して金銭感覚が崩壊しちゃった内山信二《うちやましんじ》先生」といったお金ネタ、「調子に乗って国民から嫌われちゃった亀田大毅《かめだだいき》先生」「主婦層に嫌われてネットが大炎上した新山《にいやま》千春《はる》先生」といった嫌われネタ等、様々な失敗パターンをここでは見ることができます。東京では日曜夜に放送しているこの番組、勤め人の皆さんは「明日から会社か、嫌だなぁ」と陰鬱《いんうつ》な気持ちになる時間帯に他人の失敗談を聞くことによって、「こんな大変な人もいるのか、自分も頑張ろう」という気持ちになるのではないか。

この番組を見ていると、「芸能界も変わったものよ」と思えてきます。かつての芸能人は、自分の「陰」の部分は決して見せないものでした。しかし今は、ダークな部分や駄目な部分をさらけ出すことも、一種の売りに。

「しくじり先生」においても、「熟年離婚して恐怖の『ローゴ』(老後)第一章が始まった高橋《たかはし》ジョージ先生」「ゴーストライターを断れずいろんな人に迷惑をかけちゃった新垣隆《にいがきたかし》先生」等、ワイドショーを大きく賑わせた失敗ネタを引っさげて登場する人もいるわけですが、その人達も失敗話を自分の口から説明できて、どこかスッキリした顔をしている。世の人々も、自分で失敗を認めた人のことは、わざわざ追いかけていってさらに叩こうとは思わないのであり、「自分から腹を見せる」ことは、得策のような気がします。

先日の「しくじり先生」には、「見栄を張ってローン地獄になっちゃった」というGENKING先生が登場していました。インスタグラムで「いいね!」をもらう快感ほしさに、身の丈に合わぬブランド物を買い続けたという彼(彼女?)。海外に行っても、インスタ用に一泊だけ高級ホテルに泊まったり、片道だけビジネスクラスに乗ったりしていたのだそう。

この話を聞きつつ、私は「しくじりにも時代が現れるものよ」と思ったことでした。「安易にハンコを押して保証人になっちゃった」といったしくじりは古典的ですが、「インスタの『いいね！』ほしさにカード地獄」というのは、ＳＮＳ時代の今だからこそのしくじりです。

ＧＥＮＫＩＮＧさん以外にもこの番組には、ネット絡《がら》みの失敗を告白する人がしばしば登場します。ネットは今や、チャンスを摑《つか》むことができる場であると同時に、人生を左右する失敗を犯しかねない場でもある。

先日私も、ドキドキする出来事がありました。ある雑誌に書いた原稿が、その雑誌のネット版に掲載されたところ、なぜか次々とシェアされていったらしいのです。当然、その文章に対して毀誉褒貶が寄せられることになるわけで、

「面白いことになってますよ！」

「大丈夫？」

などと、友人知人からも連絡が。あまりネットを見ない昭和人の私は「は？」とわけがわからなかったのですが、ネットの拡散力というものを改めて実感しました。

その文章は、一口で言うならば「ＳＮＳにアップされることはつまるところ、自慢が多いですよね」といった内容。そういえばＧＥＮＫＩＮＧさんも「しくじり先生」の中で、ＳＮＳにアップしたことは全て自慢です！　的なことを言っていましたっ

け。

GENKINGさんは、そのことに途中で気付かれたからこそ、番組に登場し過去を吐露、もう見栄は張らないと宣言していました。また世の中には、「リア充自慢」と言われないために、様々な注意を払いつつSNSを使用する人もいれば、そもそも自分のしていることが自慢だと気付かない人もいる。

どのような自意識をネット上で持つかは、今はまだ人によって不安定な時期なのでしょう。SNSでも、盛んにアップしていた人がハタと恥ずかしくなってアップを止めたり、反対に大人になってからSNSデビューした人が、ものすごい頻度でアップし始めたり。伝統というものが確立していないネット社会では、立ち位置の取り方もゆらぎがちであり、だからこそ「しくじり」も発生しやすいのです。

SNSにおいては、自分ではアップせずに物陰から覗き見てニヤニヤするという、むっつりスケベ派の私。自慢と意識されずになされる幾多の自慢に対して、恥ずかしさのあまりたらーりたらーりと蝦蟇《がま》のあぶら様のものをたらしています。

私の中から蝦蟇のあぶら様のものが分泌《ぶんぴつ》されるということは、「私もやりかねない」という意識があるということなのでしょう。自慢欲求が自分の中に一切無ければ、素直に「すごーい」とコメントして「いいね！」を押せるだろうに、それができないのは、自分も本当は自慢欲求をたっぷり持っているから……。

そんなわけで、ネット社会においてはこれからもひきこもり続けるであろう私。リアル社会のひきこもり達の気分も、何となくわかる気がします。

「イップス」になる人

宮里藍《みやざとあい》ちゃんは三十二歳で、そして浅田真央《あさだまお》ちゃんは二十六歳で、引退。スポーツ選手が輝く時間の、何と短いことよ。……と思う私は、九十代で燦然《さんぜん》と輝き続ける大先輩が一人や二人ではない業界に生きる者。

藍ちゃん引退の報道で私が驚いたのは、彼女がイップスを経験していたということでした。ゴルフのプロを襲うイップスの話は時折耳にしますが、まるで観客に囲まれたステージのようなグリーンにおいてパターが入らなくなってしまうとは、常人には計り知れないつらい状況だったことでしょう。

それまで上手くできていたパッティングが突如としてできなくなって、強く打ちすぎたり力が入らなくなってしまったり、というのがイップスのイメージ。精神的な要因によるものなのだそうで、考えれば考えるほど悩みは深まりそうです。

ゴルフだけの現象かと思っていたら、私の卓球のコーチは、

「僕、卓球でイップスになりました」

と言っていました。サーブがどうにも上手く打てない。身体で覚えているようなドライブも、入らない。

「治るまで、ずいぶん苦労しましたよー」

と、彼は語っていた。

また別の人は、ダーツでイップスになったのだそうです。競技にも出場するような、かなりダーツの上手い人なのですが、イップスの時は狙った所に矢が行かないどころか、ダーツボード自体に当たらなくなってしまったのだそう。

そうしてみるとイップスは、特に道具を使用して行うスポーツに現れやすい現象なのかも。相撲《すもう》とかマラソンはさすがに無さそうだけれど。

……と思っていた時、ある友人が、

「私は歩くことのイップスになったことがある」

と言っていました。彼女は、スノボをしている時に転倒し、脚の骨を折ったのだそう。しばらく松葉杖生活だったのですが、怪我《けが》が癒《い》えて痛みもなくなったのに、

「スムーズに歩く、っていうことができなくなっちゃったのよ」

ということなのです。

「『歩く』なんて当然のようにしてきたことだけに、怪我の後に突然、『あれ、どう歩けばいいんだっけ』って混乱した感じ」

とのことで、特に久しぶりに会う人の前では、緊張と焦りのあまり、ますます足をひきずってしまったのだそうです。

幸いにして彼女の「歩きイップス」は時間をかけて快方に向かいました。が、そう考えてみるとイップスとは、その分野において熟練した人を襲うもののようです。へボゴルファーがイップスになった話は聞いたことがありませんし、単に趣味で卓球を嗜《たしな》む私も、決して卓球イップスにはならない。その道について真摯に考えている人、そして「試合に勝たねばならぬ」とか「失敗できない」といった強いプレッシャーにさらされている人が突然はまる、落とし穴のようなものなのでしょう。

歩きイップスになった友人も、そういえば運動神経抜群の人でした。自分の身体能力に自信があっただけに、「歩く」というごくシンプルなことが怪我によってできなくなった時、身心の連携がうまくとれなくなったのではないかと思います。

何事にも熟練していない私は、今までイップス状態になったことはありません。仕事にしても、スランプはあるかもしれないけれど、頭で考えたことをキーボードに伝えることは今のところ、できる。もしもキーボードイップスになったら、手書きに変更するのでしょうが。

しかし先日、「イップスってこんな感じなのかも」と思う状態があったのです。それは満員電車に立って乗っていた時のこと。もうすぐ新宿駅に着くという時、なぜか電車が止まってしまいました。

一分か二分か、それはさほど長い時間ではなかったのです。が、その時私の中で急に、

「あ、怖い」

という思いが膨らみました。見知らぬ人々と密着したままの状態で「このままずっと止まっていたら」と思うと、叫び出したいような気分に。

毎日の通勤行為はしていないものの、私とて東京で生まれ育った身、満員電車には慣れています。だというのに突然、恐怖心が膨らんだのは、「ドアが開かないまま一時間とか、耐えられるだろうか」とか「トイレに行きたくなったら」などと考えすぎたが故の、満員電車イップス的状態だったのではないか。

そのような症状をパニック障害と言うのだそうですが、日々通勤している会社員の皆さんが、電車でパニック障害となるのがよくわかった私。欠勤や遅刻が許されないプロの会社員が通勤イップスになるのは、常に勝つことが期待されている藍ちゃんが

パターのイップスになるようなものかもしれません。

藍ちゃんも、引退した後に趣味としてゴルフを楽しむようになれば、イップスなどにはならないのでしょう。そうしたらまた、勝負の世界に戻ってきたくなるかも。

そして会社員が通勤イップスになったら、しばらく会社など行かず、田舎でぼけっとしているのが一番よいのだと思いますが、そうもいかないのが会社員。引退を選ぶことができる人の方が、案外幸せなのかもしれませんね。

中高年女性の露出度

混んでいる電車の中で、私の目の前に立っていたのは、オフショル姿の女性でした。オフショルとはすなわち、「オフショルダー」。去年の夏あたりから流行っている、肩をむき出しにしたトップスです。

すぐ目の前に、若いお嬢さんのナマ肩、ナマ背。それはもう「舐めろ」と言わんばかりの距離と露出度なのであって、満員電車の中でこんなものを見せられたり痴漢《ちかん》と間違えられたり線路を走って逃げたりしなくてはならない殿方に対して、同情を禁じ得なかった私なのです。

良い機会だと思って、お嬢さんの背中をまじまじと凝視してみると、ニキビの跡があったりもして、決して完璧な状態ではなかった。若い友人は、

「私は肩幅が広すぎて、肩を露出するとかえってアメフトの人っぽく見えてしまうから、オフショルは無理」

と言っていたし、別の人は、

「私は肩がガリガリすぎて骨格標本みたいだから、絶対ダメ」

と言っていましたっけ。案外露出のハードルが高い部位が、肩なのでした。

女性達は、今まで様々な露出の歴史を築いてきました。一九六〇年代は、ミニスカートブームで脚を露出。バブルの時代は、全身どこでも露出していましたが、中でもハイレグというものはすなわち、鼠蹊部《そけいぶ》を露出するための形状。

その後、宮里藍ちゃんは日本女子ゴルフ界にヘソ見せファッションを導入しました。今となっては女子プロの試合は肢体の見せ合いのようになっていて、「こんなパンツが見えそうな服で、プレーに集中できるのか？」という気もするのですが、しかしゴルフ界では、露出度は自信の表れでもあるらしく、「露出度が高い人ほど、強い」という感もあります。

ローライズのパンツが流行った時は、尻の割れ目の上部を見せている人もいました。そして今は、肩、デコルテ（首から下、乳より上の部分）、背といった部分の露出が流行っているわけです。

デコルテ近辺の露出行為は、鼠蹊部や尻の割れ目と比べると地味なようですが、その辺りを露出すると、意外に生々しく見えるものです。脚や腕の露出の方が、見てい

てよっぽど爽やか。特に、ストラップが無いタイプのオフショルトップスの場合は、

「ちょっとずらしたらおっぱいが……」という妄想が広がって、

「そんなのを着て街中を歩かない方がいいですよ！」

と、老婆心が炸裂《さくれつ》しそうになるのでした。

オフショルは、年齢も厳しく選びます。これはかりは、三十代でも、もうつらい。まだノースリーブやショートパンツは、いわゆるおばさんでも「苦笑」レベルで済むのですが、「オフショルのおばさん」は「苦」もしくは「笑」のどちらかに。

既に旧聞に属することになりますが、タイで逮捕された山辺《やまべ》節子《せつこ》容疑者六十二歳（当時）は、その若作りが話題になりました。逮捕時の妙に鮮明な映像を思い返してみると、彼女はショートパンツに白いオフショルのトップスを着用していたのです。そして、我々が最も「うわっ」と思ったポイントは、ショートパンツよりもオフショルの方だったのではないか。

私と同年代のある友人は、非常に美しくスタイルが良いのです。若いファッションも、よく似合う。しかしそんな彼女も、

「出来心で、オフショルのトップスを試着してみたことがあったのよ。でも鏡を見た瞬間、頭の中に『山辺節子』っていう単語が浮上して、速攻で脱いだ」

と言っていましたっけ。

さらに思い返してみますと、故・小林《こばやし》カツ代《よ》さんはよく、ターザンのようなワンショルダーのエプロンをお召しになっていました。それがトレードマークのようにもなっていたわけですが、私はカツ代さんのワンショルダーエプロン姿を見る度に、「何か、生々しい……」と思っていたものでした。

カツ代さんは、裸にエプロンをつけていたわけではありません。ちゃんと衣服はお召しの上でワンショルダーのエプロンだったわけですが、ワンショルダーという個性的な形状が、カツ代さんの胸部を強調して、生々しさにつながったのだと思う。

このように中高年にとっての胸部というのは、意外に危険な存在なのでした。たとえばホテル滞在時、入浴後にバスタオルを巻いた状態の時にルームサービスの人が来たら、ドアを開けることを躊躇《ちゅうちょ》しますが、バスローブ姿であれば「まぁいいか」と思うことができる。それはデコルテ部を露出しているか否かの違いなのでしょう。

今、中高年女性は「いつまでも若く」と希求しています。日本女性はほとんど「人生九十年」なので、早く老け込んでしまっては間が持たないのです。

年だからといって躊躇せず、着たいものを着ればいいのだという論調もあるわけですが、しかしやはり、露出の方法だけは、気をつけたいところ。デヴィ夫人のような方がデコルテを強調したドレスを着るならともかくも、一般の中高年は、見せてよい部位とそうでない部位があるのではないか。

……という前に、私などは首筋を少し露出しただけで、冷房が寒くて何か巻きたくなってしまう者。いくつになっても露出ができる人というのは、露出できるだけの体力・気力もあるということなのでしょうね。

豪華列車と罪悪感

JR西日本が、豪華列車「瑞風《みずかぜ》」の運行をスタートさせました。JR九州「ななつ星」、JR東日本「四季島」と、鉄道界は豪華列車時代に入った感があります。

ドアを手で開けるようなローカル線にちんまり乗っているのが好きな私は、豪華列車に対してさほど鼻息が荒くなるわけではありません。が、瑞風の施設や走るコースを見ていれば、人気の理由もよくわかります。

そんな私も、実は一回だけ豪華列車の旅をしたことがあるのでした。もちろん仕事とはいうものの、私が乗ったのはインド国鉄が誇る豪華列車、マハラジャエクスプレス。様々なコースがあるようでしたが、デリーから出てまたデリーに戻る、三泊四日の鉄道旅を味わったのです。

この列車は、まさにマハラジャ感満載でした。ターバンを巻いたイケメン乗務員達がホームにずらりと並び、民族音楽の演奏や花のシャワーと共に乗客をお出迎え。各車両には一人ずつバトラーがついて、何くれとなくお世話をしてくれる。食堂車は二両あって、インド料理も西洋料理もとても美味しいのだけれど、シェフは、「何でも作りますよ」と言ってくれて、

「じゃあ、フライドヌードル！」

とお願いして作ってもらった焼きそばは、日本人の心を察知したのか九条葱《くじょうねぎ》みたいのがのっていて美味しかったなぁ。

乗客は全員、外国人でした。それもほとんどが欧米人で、アジア系は私達の他にはマカオのホテル王夫妻、マレーシアの謎のお金持ち一族のみ。私がアガサ・クリスティーだったら、「マハラジャエクスプレス殺人事件」を書いたのに……。

このように、国の威信をかけて走る、豪華列車。日本の豪華列車もさぞや、と思われるわけですが、しかしインドと日本ではかなり異なる事情があると思われ、その一つは貧富の格差。

日本も格差が広がっていると問題になってはいます。が、インドにおける格差は、日本と比べると相当ハードです。

それは、車窓風景から見て取ることができました。農村の風景というのは、畑と素朴な家と、という感じで、どこの国でもそれほど大差は無いのです。対して都市近郊

になると、その国の格差具合が如実にわかります。たとえばデリー近郊には、いわゆるスラム街のような地域が広がっており、小屋がけのような家で暮らす人々や、ゴミだらけの場所が続く。

豪華列車の中からその光景を見ていると、私はいたたまれない気持ちになったことでした。なにせこちらはマハラジャなエクスプレスに乗ってシャンパン飲み放題だというのに、線路脇のボロボロのトタンの小屋からは、パンツ一丁で裸足の子供が出てくるのですから。

しかし列車の窓はマジックミラーになっていて、此方から彼方を見ることはできても、彼方から此方を見ることはできない。ですから沿線の人々は、列車の方向に向かって平気でトイレ行為をしたりもしていて、申し訳なさが倍増……。

水道が無い場所も多いのでしょう。線路を歩いてきた女性が、よっこいしょとホームに上がり、ホームの水道で洗濯を始める姿も、珍しくありません。松本伊代《まつもといよ》さんと早見優《はやみゆう》さんが叩かれた線路立ち入りなどちゃんちゃら可笑《おか》しい、という行為がそこここで行われているのです。ホームに当たり前のように牛がいたりもするのも、またインド。「わざわざインド庶民の暮らしを見たくない」というのが、インドのお金持ちがこの列車に乗らない理由なのかもしれません。

格差があるといえど、日本に住む人の多くは、衣食に困ることなく暮らしています。瑞風の車窓からも、胸が痛むような格差を目の当たりにすることはないのではないでしょうか。

瑞風の一番列車に乗る人達に対するインタビューでは、

「ステイタスを感じますね」

という発言がありました。確かに、新しく誕生した豪華列車に乗るということ自体、皆に自慢できる行為。インスタ映《ば》えもすることでしょう。

その発言を聞いて私は、豪華列車の乗客がステイタスを堪能することができる日本の平和さを、感じたのです。瑞風の車窓がマジックミラーになっているかどうかは知りませんが、豪華列車に乗るという行為は、安全な場所からひたすら外を「眺める側」に立つということです。その時、ジロジロ見たら申し訳なくなるような光景が沿線に広がっていないということは、日本の美点の一つなのではないか。

ちなみにマハラジャエクスプレスでのツアー最終日の晩には、停車駅近くにある本物のマハラジャのお城で、パーティーが開催されました。広い中庭で象に乗ったり皆で踊ったりと（我々は乗客の中で最若手だったので、率先して踊りまくった）、それはラグジュアリーなパーティーだったわけですが、邸宅を出て列車が停車している駅に戻れば、近くには物乞《ものご》いをする貧しい人々が。

格差が大きい国ほど、豪華さのレベルもまたダイナミックなのでした。そして日本の一般人である私は、インド豪華列車の中と外との格差のあまりの激しさに、クラクラしそうに……。

そういった意味で日本の豪華列車は、きっと乗客に優しい乗り物。罪悪感なしに味わうことができる「ステイタス」は、高い人気となるに違いありません。

「コムる」男性は増えるのか？

先日、都内某所で小室《こむろ》さんを目撃いたしました。今「小室さん」と言えば、もちろん「等《ひとし》」でもなければ「哲哉《てつや》」でもない、「圭《けい》」さんのこと。すなわち、秋篠宮《あきしののみや》家の眞子さまと結婚されるお相手を指します。

とはいえ私、駆け寄って、

「小室さんですよね？」

と確認したわけではないので、ご本人かどうか、確かなことはわかりません。が、あまり大柄でない感じといい、童顔な感じといい、海の王子その人だったような気がいたします。

東京で生きていると、有名人を見かける機会は少なくありません。そして有名人と言っても、その自意識のあり方は様々、ということがわかる。

周囲の人々から、気づかれたくない人。気づかれたい人。気づかれないよう身をやつしていながら、全く気づかれないのは嫌な人……等々。そして本当の大物の中には、オーラの出し入れが自由にできるため、素顔で街中にいても全く気づかれない人もいるもの。

小室さん（らしき人）を見ていて私が感じたのは、有名になりたての人の、初々しさでした。つまり、少しばかり「僕ですよ」という自意識が見え隠れしていたのです。

人の多い場所だったので、本当に誰にも気づかれたくないのであれば、まずそんな場所には来ないであろう。そして彼は、周囲に気づかれないように顔を伏《ふ》せるわけでなく、「誰か気づいてる人いるかな」的な視線を、時折周囲に向けていました。

そのような姿を見て、「なるほど」と納得していた私。彼は、今の立場を楽しんでいるように見えました。彼の表情は、サーヤ（紀宮さま）の夫の黒田さんであればきっと見せないであろう、というものだったのです。

幼稚園から学習院育ちの友人は、眞子さまのニュースを見た時に言いました。

「これで世の男性達は、『コムる』ことに目覚めたと思うわ」

と。

とあるプリンセスとも知り合いというその友人は、やはりプリンセスは、交際相手を見つけるのもなかなか大変、ということを知っています。

「普通の男性は、プリンセスというだけで腰が引けてしまうけれど、プリンセスはかえって免疫《めんえき》が無いから、男性から積極的にいけば、案外うまくいくのよ。免疫が無いからこそ、モテる嬉しさって余計に感じるしね。小室さんは、『プリンセスでも迫れば落ちる』っていうことを、世に知らしめたんじゃないかしら」

とのことで、

「なるほど、『コムる』ね」

と、私も納得。

「まだ独身プリンセスはいるんだし、これからコムる男性は増えるんじゃない？」

ということなのです。

確かに私も、小室さんを見た時に、「この人はプリンセスにアプローチできるかも」と思ったことでした。すなわち、注目を浴びることが嫌いではないタイプとの印象を覚えたわけです。お兄さんの秋篠宮さまが引き合わせたという黒田さん＆サーヤとは、その辺が違いそう。

今の世の中においては、本物のプリンセス以外にも、コムってくる男性への需要は増加しています。美人すぎたり、有名すぎたり、仕事が有能すぎたりする女性は、

「僕なんか」と男性が思ってしまい、お相手が見つかりにくい場合がしばしば。そんな女性の側は、だからといって皆が自分からアプローチできるわけではない。「やっぱり男性から来てほしい」という、古風な考え方を持っている人も多いのです。

特別な女性ほど、その周囲にはブラックホールのようなものができがちで、その空隙には意外に簡単に入ることができるものです。だというのに、そのことに気づいていない、もしくはそこに飛び込む勇気が無い男性の何と多いことか。

特に今は、上を目指そうとする女性ほど、「夫と子供」の存在が必要になっているため、お相手探しは必須&必死。キャリアウーマンでも女性政治家でも、「○児の母」という肩書きは盛んにアピールされていますし、「○」に入る数字は、多いほどよいのですから。

そんな時に「特別な妻」を持つということをストレスに感じず、むしろ名誉に思うことができる男性は、貴重です。草食化も進む中、「コムる」ことに目覚めた男性は、多くの女性を救うのではないか。

そういえば、暴言で有名になった豊田真由子《とよたまゆこ》議員も、桜蔭↓東大↓ハーバード↓国家公務員↓代議士、ということで、特別なエリート。そんな彼女もまた国会で、「二児の母」をアピールしていたものです。豊田議員の夫がコムった結果の結婚ではないようですが、暴言騒ぎで、彼女は特別と言うより特殊な存在になってしまいました。

そんな中、都議選の応援のため、我が家近くの駅前で演説していた小池百合子さんを見た私。さすが小池さんは演説上手で、「昨今は、独身・子無し女の方が、『これだから子無しは』とか言われないよう、つとめて冷静なのかも」と思ったわけです。

いずれにせよ、女性が特別だったり特殊だったりしても、結婚して子を生《な》す道は、閉ざされない方がよいのでしょう。特別さや特殊さに惑わされず、相手の中身を見る目が、男にも女にも必要なのだと思います。


〈追記〉その後、眞子さまに先んじて、高円宮家の絢子《あやこ》さまがご結婚。お相手はお母様の紹介だったそうであり、やはり上つ方の女性にとって、コムられての結婚は危うい行為なのかもしれない。

都議選にピコ太郎を想う

ピコ太郎さんの姿をあまり見かけなくなってしまった、今。私は一抹の、否、相当な寂しさを感じています。

いずれこうなることは、どの番組を見てもピコ太郎が出ている時から、皆が知ってはいました。ピコ太郎のことがかなり好きだった私は、「ああこの人は、もうすぐ会えなくなってしまう人なのだ。だからこの姿を、目に焼き付けておかなくてはならない」と、「PPAP」を凝視していたものです。

ビビッドな芸でバブル的に人気が盛り上がった後、急激に失速。……という人のことを「一発屋」と言うわけですが、私はこの一発屋的な芸を、いちいち真剣に愛してしまう者です。「ヒロシです」だって「安心してください、はいてますよ」だって、「この人だけは一発屋にならず、息長く存在し続けてくれるのではあるまいか」という希望を毎回託し、そして裏切られ続けてきました。

「ああ、ピコ太郎も同じ道を……」と思っている頃、世では都議選が終わりました。都民ファーストの会圧勝となった結果、皆が心配しているのは、小池チルドレンの危うさです。

そしてこの、都民ファーストの会圧勝の盛り上がりを眺めながらチルドレンの行く末を心配する感覚というのは、全盛期のピコ太郎を眺めながら「この人にはもうすぐ会えなくなってしまうのでは」と思う気持ちと、よく似ているのでした。

ピコ太郎全盛期、とある歌番組を見ていたら、スペシャルゲストとしてスティングが登場して歌った後に、

「続いては、やはり世界的に活躍する、この方です！」

と、司会者が言ったかと思うと、次の瞬間、スティングの後ろに控えていたのは、ピコ太郎でした。スティングを前座にするほどの輝きを放っていた彼はその時、確かに眩《まぶ》しかった。

都民ファーストの会も今、眩しいほどにイケイケです。華々しく緒戦に大勝、次は国政か、という期待も高まっている。

しかし我々は、「人気を急激に膨らませる」ということの楽しさも知っているけれど、「膨らんだ人気に針を刺してしぼませる」ことの楽しさも、知ってしまっていま

す。かつて一世を風靡した一発屋芸人さんのことを、

「最近、全く見ないね！」

などと語り合ったりする時、人は何と生き生きしていることか。「生殺与奪《せいさつよだつ》の権利を握っているのは自分達」と思うことができる残酷な楽しみが、そこにはある。

このように人気は一瞬にして盛り上がるものであるわけですが、同じように不人気というものも、一瞬にして盛り上がります。自民党大敗の原因として、加計問題等の他に、失言の稲田朋美《いなだともみ》防衛大臣、暴言の豊田真由子議員もまた、戦犯として扱われていますが、この手の政治家の失態も、バブル的な騒動となるもの。

たとえば、妻が妊娠中に別の女性と……という、政界ゲス不倫事件。また妻ががん治療中というのに別の女性とハワイで挙式……という、政界重婚疑惑。これらの事件発生当時、我々はおおいにスキャンダルをむさぼったものです。が、時が経った今、記憶力の悪い私などは、主役の名前すら忘れている。醜聞《しゅうぶん》もまた、急激に膨らみ、そしてしぼむのです。

今回は、都議選前にわかりやすい事件が重なりました。特に女性の事件はキャッチーですから、稲田・豊田両氏の失言と暴言は、我々に深く響きました。ヘビロテ状態であった、

「バカかお前は！」

とか、そして人によっては、

「このハゲーッ！」

といった音声は、多大なサブリミナル効果をもたらしたのです。

一部キャリアウーマン達の間では、

「私も、腹の中では真由子と同等もしくはそれ以下の言葉遣いで、部下や上司を罵倒《ばとう》しているので、一抹の親近感は覚える。ま、口には出さないけど、あそこまで言ったら気持ちいいだろうなぁとは思うな」

などと言われており、私も「確かに心の中ではしょっちゅう『ざけんなこのバカ』とか、思ってるわなー」という人間。

とはいえ豊田さんの暴言は、今までの政界で類を見ない斬新さを持つ芸、じゃなくて失態だったので、ピコ太郎ブーム並みに世間は盛り上がり、その影響は都議選にまで及んだわけです。

しかしそんな暴言ブームも、少し時が経てばすぐに皆が忘れるのでしょう。「豊田」は、佐村河内とか小保方ほど特殊ではないので、その名前の記憶も、ほどなくぼやけてゆくに違いない。

ジャスティン・ビーバーがたまたまアップしたことがきっかけで世界的人気者になった、ピコ太郎。そして、暴言事件等がたまたま直前に重なって大勝した、都民ファーストの会。

こうなるとやはり、都民ファーストの会の将来に不安を覚えずにはいられないのですが、それでも私は、やっぱり信じているのです。今回に限って、一時の盛り上がりだけに終わらないのではないか。息長く、活躍を続けてくれるのではないか、と。一発屋を愛さずにいられない私が愛し続けることができる存在を、私は永遠に、そして愚直に、待ち続けることでしょう。

〈追記〉コロナ時、ピコ太郎さんの姿をまた見ることができたのは、嬉しい限り。

怪我の聖子《せいこ》ちゃんコンサート

　ここのところ毎年一回、松田《まつだ》聖子コンサートに出かけている私。今年も武道館に行って参りました。

　いつものように中年女性濃度の高い客席にて開演を待っていると、聖子ちゃんの声で、アナウンスが入ったのです。何でも聖子ちゃんが怪我をしてしまい、演出を変更せざるを得なくなってしまった、とのこと。

「どうしたのかしらね？」

と、客席はザワザワ。やがて幕が開くと、聖子ちゃんは椅子に座ったまま、歌い始めたではありませんか。どうしても歩く必要がある時は、ほんの二、三歩だけ、ダンサーの男性が支えてやっと歩き、また別の椅子に座って歌う。

　その様子が気になって、私たちは歌を聴くどころではありません。とにかく相当つらそうであることだけは、確かだった。

何曲か歌い終わったところで、やっと聖子ちゃんのMCタイムとなりました。腰と背中が痛くて歩けないこと。どのような状況で怪我をしたのかは口にしなかったものの、まだそれほど怪我から時が経ってはおらず、一時は立つこともできなかったのでコンサート中止も考えたこと。……等と話す彼女は本当に申し訳なさそうで、痛いであろうに、座った状態で頭を下げる。

しかしどのような状況であれ、舞台の幕を開けなくては、と彼女は思ったのでしょう。客は皆大人であり、多かれ少なかれ、「つらい時にクソ意地を出して乗り切る」という経験を持つ人たち。客席からは、

「聖子ちゃんがんばってー！」

との声が飛んだのです。

コンサートの最後はいつも、往年のヒット曲メドレーでおおいに盛り上がります。聖子ちゃんも客席もノリノリ、という状態になるのです。

今回はどうなるのだろう……と心配していたところ、聖子ちゃんが座った椅子が、台車のようなものに載せられて登場。それを男性ダンサーが押しながら、武道館の舞台を縦横無尽に動き回ったではありませんか。

男性ダンサーの衣装が白だったため、その姿はほとんど介護士にしか見えません。

しかし、台車を押されながら、上半身を思い切り動かしてファンに手を振り、歌う聖子ちゃんの姿はまさにプロであり、私の目頭はじんわりと熱く……。

森光子《もりみつこ》さんの晩年、タッキーと森さんが共演する舞台を観に行ったことがありますが、その時も森さんはジャニーズの少年達に両脇を支えられ、貨物のような状態で宙乗りまでしていました。舞台に出る人というのは、どんな状態であれ、自らの姿を客席に晒《さら》す覚悟をしているのだなぁ、とその時も思ったもの。

聖子ちゃんと森光子さんを重ね合わせて目頭を押さえていると、同行の友人が、

「聖子ちゃんはおばあさんになっても、きっと若いイケメンに車椅子を押してもらえるんでしょうねぇ」

と言っていました。確かに、その時々で自分に合った男性と相対してきた聖子ちゃん。高齢になってもまた、優しく介護をしてくれる素敵な男性を、近くに置くに違いありません。

「あーあ、きっと私は一人でキコキコ車椅子を動かすんだわ」

とつぶやく友人はジャニオタ主婦なのですが、

「ジャニーズアイドルは介護なんてしてくれないし」

とブツブツ言うので、

「ジャニーズが介護会社を作ればいいのにねぇ」

と提案してみた私。若い頃は人気者でも、ジャニーズアイドルの全てが芸能界で生き残ることができるわけではありません。そうなった時、彼等のセカンドキャリアとして、老いたジャニオタ向けの介護士になるというのはどうだ、と。すると、

「それいい！　彼等が介護してくれるのなら、お金に糸目はつけないという人、いっぱいいると思う！」

と、友達も乗り気に。

ジャニーズファン達にとって、コンサートは「デート」に他ならず、その日のためにダイエットをしたり髪を切ったり服を買ったりするのだそう。

「コンサート後の数日間は、本当に何歳か若返るのよ。だからジャニーズ介護士が面倒を見てくれたら、絶対に寿命も延びると思う！」

とのことなのでした。

コンサートの最後、聖子ちゃんは、

「今日はこんな状態で本当にごめんなさい」

と、涙ながらに（しかし若い時と同じく、涙は流していない）言っていました。私達は、いつまでも若くて可愛い聖子ちゃんを見るためにコンサートに行くわけですが、

今回実感したのは、「聖子ちゃんとて、不死身ではない」ということ。いくら若々しくても、聖子ちゃんの足腰だって、衰《おとろ》えるのです。

そういえば聖子ちゃんより二歳若い日本武道館も、老朽化が進んだということで、二〇一九年から、改修工事に入ります。コンサートが終り、見慣れた武道館を外から眺めた私の頭には、「無常」という二文字が浮かぶ……。

しかし武道館が新しくなるように、聖子ちゃんもまた、怪我を克服し、戻ってくるに違いありません。その時はまた、違う顔を見せてくれるであろう聖子ちゃんを楽しみにしつつ、とりあえずは転倒だけはしないようにと、足元に注意をして九段下を歩いたのでした。

「録音社会」の恐怖

子を持つ友人が、

「学校での保護者面談の時は、いつも音声を録音しておくのよ」

と言っていました。

「何かあった時に、証拠をとっておいた方がいいかと思って。ま、一応ね……」

と。

その話を聞いて、「今時の先生も大変だなぁ」と思ったわけですが、別の友人もまた、録音は日常茶飯事だとのこと。彼女はとある企業で重要なポジションについているのですが、敵対する社内勢力から、一種のイジメのような目に遭っており、

「社内で人と話す時とかでも、今やボイスレコーダーが欠かせなくなったわ。ボイスレコーダーは、もはや社内で最も信用できる、一番の親友と言ってもいい」

と言っていたのです。

二人の話を聞いて、「そういう時代になっているのか」と、今さらながらに思った私。豊田真由子議員の一件も、密かに録音されていた音声によって大騒動になったわけであり、今や普通の人が普通に音声を録音するようになってきているのです。

企業のコールセンター等に電話をかけると、

「この電話は、サービス向上のために録音させていただきます」

といった音声が流れますが、あれを聞くと、どことなく嫌な気分になるもの。「サービス向上のためというより、『録音してるんだからクレーマーみたいな物言いはしない方がいいですよ』っていう警告だよね？」などと思うわけです。

防犯カメラがいたるところにあり、一般人もいつでもどこでも撮影・録画をすることができる今は、「監視社会」と言われます。が、もう監視どころではなく、誰もが「ネタ」とか「証拠」を入手したり暴露することができるスパイ社会になっていると言っていいのでしょう。船越英一郎《ふなこしえいいちろう》さんのように、ノートというわかりやすい証拠を押さえられなくとも、素人の奥さんでも夫に対して容易にスパイ活動をすることができるようになっているのです。

となると、「あの時、録音しておけばよかった」という場面が、私にもいくつも思い浮かぶのでした。仕事相手と「言った」「言わない」となって気まずくなった時。

差別的な発言をされて「キーッ!」となった時……。スマホの録音機能の存在を忘れがちだったけれど、今度使ってみようかしら、などと思ったりして。

しかし我が身を振り返ってみますと、

「今の話、録音しておいたから」

と言われて困るような発言ばかりしているのは、私の方なのでした。感情や意見を表明する時、オフィシャルな場においては、誰に聞かれてもつっこまれない&炎上しない&政治的に正しい、という言い方が求められるわけですが、非オフィシャルな場においては、同じ事を言うのでも、歯に衣《きぬ》を着せない表現となるもの。今は特に、オフィシャルな場での「つっこまれないようにしなくては」というプレッシャーが強いため、非オフィシャルな場でのガス抜き欲求が激しくなり、つい過激な表現になりがちなのです。

その、非オフィシャルな場におけるのびのびした発言を「録音したから」と後から言われたら……と思うと、そりゃあ入院するくらいの体調不良になるのも、無理はない。

たとえば、仕事相手であるAさんに不満がある、という時。Aさんの上司と話す時などは、

「Aさんとは意見が合わない時も結構あるんですよね」

と、言外に不満を匂わせる程度で、「あとは忖度《そんたく》してほしいものよ」となる。

しかしプライベートな場においてAさんの悪口を言う時は、

「頭悪い」「何年この仕事やってるんだ」といったことのみならず、「ああいう人と結婚する人の気が知れない」だのと、人格否定発言の連発。悪口というのは、生活における一服の清涼剤なのであり、「本人には絶対に聞かれることはない」と思っているからこそ、ぎりぎりまで表現のエッジを立てて楽しむわけです。

が、そんな発言が録音されていたらどうする。サスペンスドラマで、秘密を暴露した人に対して、

「今の話、しっかり録らせてもらったよ」

などと下手に言ったがために殺されてしまう人がいますが、私もプライベートにおける会話を録音されたら、相手に殺意を抱きかねないと思う。

路チュー現場やら、ヤクでラリっている現場やらを「撮られる」のもまた恥ずかしいとは思います。が、はらわたの奥から出た発言を「録られる」方が、根源的な恥ずかしさは深そう。

スマホのカメラはまだシャッター音がしますが、録音は音もなく開始することがで

きるのであり、録音によるスパイ行為や暴露行為、リベンジ行為は、これからも増えるに違いありません。昔は、壁に耳あり障子に目ありと言ったものですが、今は目の前の相手のバッグの中やポケットの中に耳目《じもく》があって、発言が簡単に保存&拡散できるのですから。

この現象は「腹にあることをそのまま話せばいいというものではない」という、神様からのメッセージなのかも。他人にされたくない事は自分でもしない方が……ということで、私も録音はしないようにしよう。そして発言には気を付けよう、と思うのでした。

猛暑の大阪で夢うつつ

真夏の大阪へ行って参りました。目的は、芝居見物。初日は文楽、二日目は歌舞伎を観ようという算段です。

文楽の演目は『夏祭《なつまつり》浪花鑑《なにわかがみ》』。夏の大坂、祭りの夜に殺人事件がおこる……というのがこの演目のクライマックスであって、神輿《みこし》をかつぐ男達の声がカタストロフィー感を盛り上げます。血のにおいとうだるような暑さが感じられるようで、夏になると、特に大阪で観たくなる演目なのです。

興奮冷めやらぬままに国立文楽劇場を出れば、むっとする湿度と熱気。すぐ千日前の猥雑な街が広がっているのが、さらに芝居見物気分を盛り上げます。

かつては刑場、そして墓地であった千日前。明治になって公開の処刑は禁止され、跡地に寄席や見世物の小屋ができたと中沢新一《なかざわしんいち》『大阪アースダイバー』には書いてあります。興行人達は、「人々に世界の縁《へり》を見せようとしていた」のだ、と。

墓地は移転し、その後は繁華街として発展していった千日前ですが、『夏祭浪花鑑』を観た後は余計に、生と死とが隣り合う空間という感慨が高まって、かつて観た映画『黒いオルフェ』を思い出しつつ、賑わう街をぶらついていたのでした。

その翌日は、天神祭でした。有名なお祭りということは知っていたけれど体験したことはなかった私は、大阪天満宮に行ってみることに。地下鉄の南森町駅で下車すれば、目の前を神輿が練り歩いているし、商店街では獅子舞が店々を巡っているし、神社境内には豪華な山車や鉾《ほこ》が飾ってあるし……。

しかし、神輿をかつぐ人や獅子舞の人を見ていると、昨今の猛暑の中では、夏祭りというものは少しハードすぎるのではないかという気もしてきました。せいぜい三十度くらいの気温であればまだしも、この日は三十五度の猛暑日。この天候で神輿をかつぐのは危険なのではなかろうか。

……などと思いつつ、天神祭の熱気を肌で感じた私でしたが、しかし『夏祭浪花鑑』における夏祭りとは、天神祭のことではなく、高津宮の夏祭りを指します。高津宮は、南森町から地下鉄で南下し、谷町九丁目駅のほど近くにあるようだったので、行ってみることに。

人気の少ない高津宮をお参りし、やはり文楽や歌舞伎でおなじみ、近松門左衛門《ちかまつもんざえもん》作

『曽根崎心中』にも登場する生玉《いくたま》神社が近くにあるので行ってみよう……と歩き出すと、気づくのは、やたらと寺とラブホテルが多いということです。秀吉《ひでよし》の時代に寺が集められ寺町が形成されたのだそうで、『曽根崎心中』のお初の墓があるというお寺も。そんな寺町のすぐ隣は、ラブホテル街です。ここでもまた、生々しい生と死の世界が隣り合っているではありませんか。

ふたたび『大阪アースダイバー』によれば、大阪に広がる上町台地の西の崖《がけ》は、寺町ができる前から墓地だったのだそう。そして、「観念を無化してモノ化してしまう、マテリアリズムの力を秘めている」のが、墓地そしてセックス。生きている人間が骸《むくろ》というモノと化す墓と、愛の空虚さを埋め、一体のモノ化するために行う性愛行為の共通性がそこには見えるのであり、「上町台地西崖沿いには、一つの一貫したテーマが、展開されている」と……。

炎天下にほっつき歩いていたため、私の頭も朦朧《もうろう》とし、生と死の境をさまよっているかのような感覚になってきました。が、そんな私の目を覚まさせたのは、平日の真昼間というのに、ラブホテル街から手をつないで出てくる、男女の姿でした。

それも、明らかに恋人とか夫婦ではなさそうな、うすら○ゲ（最近、「ハ○」という言葉が素直に使えなくなった私……）のさえないサラリーマンと、きっちり化粧をしている若いB級美女の組み合わせ。大きな道の直前でパッと手を離し、互いに全く振り返らずに、右と左に分かれていきます。さらにもう一組、同じようなカップルがあわれ、女性はやはりあっさりと手を離して歩道橋を登りはじめた瞬間に、顔から笑顔を消していた。

おそらく女性はその手のお仕事をしている人で、男性はお客様なのでしょう。男性は営業の途中なのかもしれません。上町台地西崖のラブホテルの一室で、一時の肉の情を交わし合った後の二人が醸《かも》し出す、生々しさからの乾いた空気の落差といったらありません。

『曽根崎心中』のお初もまた、そういった仕事をしている女性でした。下級遊女であった彼女は、馴染《なじ》み客である徳兵衛と恋仲に。気が弱く、金銭トラブルを抱えた徳兵衛と、死への旅路に旅立っていったのです。

客と別れた瞬間、「業務終了」とばかりに営業スマイルを引っ込める谷町九丁目の現代のお初達は、決して客と心中はしません。彼女達は、そうして貯めたお金で、自分の夢を叶《かな》えようとするのかもしれない。近松の時代、遊女の未来は闇でしたが、昨今のお初達には、希望がある。お金をもうける手段として、割り切って働いていそうです。

大阪を歩いていると、このようにお初や徳兵衛、そして『夏祭浪花鑑』で、祭りの夜に舅を殺してしまった団七に、実際に出会ったような錯覚を覚えます。プチアースダイバー気分で歩く私もまた、芝居の中の「通行人A」のような感覚になってくるのは、暑さのせいだけではないのでしょう。

あとがき

大変に忘れっぽい私。若い頃は試験勉強で大変苦労しましたし、読んだ本の内容もさっぱりと忘れてしまうので、「本の内容を全て、とまではいかなくても半分くらいは覚えていられたら……」と、どれほど口惜しい思いをしたことか。

しかし、忘れることができるから人は生きていられる、という話もあります。恥の多い人生でありながら私が呑気でいられるのも、恥をすぐに忘れるからでしょう。

一方、大変なスキャンダル時代となった今の日本には、「いつまでも忘れてもらえない」人達がいるのでした。二〇一六年のベッキーさんの不倫事件が発端となった〝不倫祭り〟は今も続いていますし、豊田真由子議員のように、音声スキャンダルという新しいジャンルも拓かれた。ネット、そして様々な機器類がスキャンダルの戦場で暗躍し、いったんネットにアップされたものはほぼ永久に残り続け、人々から忘れられることがないのです。

昔は「人の噂も七十五日」と言いましたが、今その言葉は通用するのでしょうか。印象的なスキャンダルの主役達は今、一年経っても二年経っても、そのスキャンダルとともにネット上に顔を出します。その度に、他者の失敗を忘れようとしない社会に対してうすら寒い思いを抱くと同時に、自分もまた、醜聞を消費したいだけする側であることに気づくのでした。

世間から忘れられてしまう人は、不幸なわけではありません。忘れることが幸福につながるように、忘れられることもまた、新たな世界への入り口。「週刊現代」連載の一年分を読み返しつつ、せめて自分だけは、他人の失敗をも忘れる人でありたいと思います。

二〇一七年　秋

酒井順子

本書は「週刊現代」２０１６年7月9日号〜２０１７年8月19・26日合併号の連載より２０１７年5月6・13日合併号を除く49本を掲載し、２０１７年10月に小社より単行本として刊行されました。文庫化にあたり、一部加筆修正を行いました。

イラストレーション／網中いづる

|著者| 酒井順子　1966年東京都生まれ。立教大学社会学部観光学科卒業。高校在学中より雑誌にコラムを執筆。『負け犬の遠吠え』（講談社文庫）で婦人公論文芸賞、講談社エッセイ賞をダブル受賞。『オリーブの罠』（講談社現代新書）、『子の無い人生』、『平安ガールフレンズ』（ともにKADOKAWA）、『男尊女子』、『家族終了』（ともに集英社）、『百年の女「婦人公論」が見た大正、昭和、平成』（中央公論新社）他、著書多数。「週刊現代」の人気連載をまとめたシリーズ最新単行本『次の人、どうぞ！』（講談社）が好評発売中。

忘《わす》れる女《おんな》、忘《わす》れられる女《おんな》

酒井順子《さかいじゅんこ》

講談社文庫
定価はカバーに
表示してあります

2020年７月15日第１刷発行

発行者――渡瀬昌彦
発行所――株式会社　講談社
東京都文京区音羽2-12-21　〒112-8001
電話　出版（03）5395-3510
　　　販売（03）5395-5817
　　　業務（03）5395-3615

デザイン―菊地信義
本文データ制作―講談社デジタル製作
印刷―――豊国印刷株式会社
製本―――株式会社国宝社

Printed in Japan

ISBN978-4-06-520124-4

講談社文庫刊行の辞

二十一世紀の到来を目睫に望みながら、われわれはいま、人類史上かつて例を見ない巨大な転換期をむかえようとしている。

世界も、日本も、激動の予兆に対する期待とおののきを内に蔵して、未知の時代に歩み入ろうとしている。このときにあたり、創業の人野間清治の「ナショナル・エデュケイター」への志を現代に甦らせようと意図して、われわれはここに古今の文芸作品はいうまでもなく、ひろく人文・社会・自然の諸科学から東西の名著を網羅する、新しい綜合文庫の発刊を決意した。

激動の転換期はまた断絶の時代である。われわれは戦後二十五年間の出版文化のありかたへの深い反省をこめて、この断絶の時代にあえて人間的な持続を求めようとする。いたずらに浮薄な商業主義のあだ花を追い求めることなく、長期にわたって良書に生命をあたえようとつとめるところにしか、今後の出版文化の真の繁栄はあり得ないと信じるからである。

同時にわれわれはこの綜合文庫の刊行を通じて、人文・社会・自然の諸科学が、結局人間の学にほかならないことを立証しようと願っている。かつて知識とは、「汝自身を知る」ことにつきていた。現代社会の瑣末な情報の氾濫のなかから、力強い知識の源泉を掘り起し、技術文明のただなかに、生きた人間の姿を復活させること。それこそわれわれの切なる希求である。

われわれは権威に盲従せず、俗流に媚びることなく、渾然一体となって日本の「草の根」をかたちづくる若く新しい世代の人々に、心をこめてこの新しい綜合文庫をおくり届けたい。それは知識の泉であるとともに感受性のふるさとであり、もっとも有機的に組織され、社会に開かれた万人のための大学をめざしている。大方の支援と協力を衷心より切望してやまない。

一九七一年七月

野間省一

木原音瀬 美しいこと
木原音瀬 秘密
木原音瀬 嫌な奴
近藤史恵 私の命はあなたの命より軽い
小泉凡 怪談四代記〈八雲のいたずら〉
小島正樹 武家屋敷の殺人
小島正樹 硝子の探偵と消えた白バイ
小松エメル 夢の燈《ほ》影《かげ》〈新選組無名録〉
小松エメル 総司の夢
近藤須雅子 プチ整形の真実
小島環 小旋風《つむじかぜ》の夢《む》紘《げん》
原作 小島 環／あなしん／脚本 おかざきさとこ 小説 春待つ僕ら
呉勝浩 道徳の時間
呉勝浩 ロスト
呉勝浩 蜃気楼の犬
呉勝浩 白い衝動
こだま 夫のちんぽが入らない
こだま ここは、おしまいの地
講談社校閲部 間違えやすい日本語実例集〈熟練校閲者が教える〉
佐藤さとる だれも知らない小さな国〈コロボックル物語①〉
佐藤さとる 豆つぶほどの小さないぬ〈コロボックル物語②〉
佐藤さとる 星からおちた小さなひと〈コロボックル物語③〉
佐藤さとる ふしぎな目をした男の子〈コロボックル物語④〉
佐藤さとる 小さな国のつづきの話〈コロボックル物語⑤〉
佐藤さとる コロボックルむかしむかし〈コロボックル物語⑥〉
佐藤さとる 天狗童子
佐藤さとる／絵／村上 勉 わんぱく天国
佐藤愛子 新装版 戦いすんで日が暮れて
佐木隆三 慟哭〈小説・林郁夫裁判〉
佐高 信 石原莞爾その虚飾
佐高 信 わたしを変えた百冊の本
佐高 信 新装版 逆命利君
佐藤雅美 恵比寿屋喜兵衛手控え
佐藤雅美 物書同心居眠り紋蔵
佐藤雅美 隼小僧異聞〈物書同心居眠り紋蔵〉
佐藤雅美 密約〈物書同心居眠り紋蔵〉
佐藤雅美 お尋者〈物書同心居眠り紋蔵〉
佐藤雅美 老博奕打ち〈物書同心居眠り紋蔵〉
佐藤雅美 四両二分の女〈物書同心居眠り紋蔵〉
佐藤雅美 白い息〈物書同心居眠り紋蔵〉
佐藤雅美 向井帯刀の発心〈物書同心居眠り紋蔵〉
佐藤雅美 一心斎不覚の筆禍〈物書同心居眠り紋蔵〉
佐藤雅美 魔物が棲む町〈物書同心居眠り紋蔵〉
佐藤雅美 ちよの負けん気、実の父親〈物書同心居眠り紋蔵〉
佐藤雅美 へこたれない人〈物書同心居眠り紋蔵〉
佐藤雅美 わけあり師匠事《こと》の顚末〈物書同心居眠り紋蔵〉
佐藤雅美 御奉行の頭の火照《ほて》り〈物書同心居眠り紋蔵〉
佐藤雅美 江戸繁昌記〈寺門静軒無聊伝〉
佐藤雅美 青雲遥かに〈大内俊助の生涯〉
佐藤雅美 悪足掻《あが》きの跡始末 厄介弥三郎
酒井順子 負け犬の遠吠え
酒井順子 金閣寺の燃やし方
酒井順子 昔は、よかった？
酒井順子 もう、忘れたの？
酒井順子 そんなに、変わった？
酒井順子 泣いたの、バレた？
酒井順子 気付くのが遅すぎて、

酒井順子 朝からスキャンダル
佐野洋子 嘘ばっか〈新釈・世界おとぎ話〉
佐野洋子 コッコロから
笹生陽子 ぼくらのサイテーの夏
笹生陽子 きのう、火星に行った。
笹生陽子 世界がぼくを笑っても
沢木耕太郎 一号線を北上せよ〈ヴェトナム街道編〉
櫻田大造 「優」をあげたくなる答案・レポートの作成術
沢村凜 タソガレ
佐藤多佳子 一瞬の風になれ 全三巻
笹本稜平 駐在刑事
笹本稜平 駐在刑事 尾根を渡る風
佐藤あつ子 昭《あき》 田中角栄と生きた女
西條奈加 世直し小町りんりん
西條奈加 まるまるの毬《いが》
佐伯チズ 完全版 佐伯チズ式「完全美肌バイブル」〈123の肌悩みにズバリ回答!〉
斉藤洋 ルドルフとイッパイアッテナ
斉藤洋 ルドルフともだちひとりだち
佐々木裕一 若返り同心 如月源十郎〈不思議な飴玉〉
佐々木裕一 若返り同心 如月源十郎〈闇の顔〉
佐々木裕一 公家武者 信《のぶ》平《ひら》〈消えた狐丸〉
佐々木裕一 逃げた名馬〈公家武者 信平(二)〉
佐々木裕一 比叡山の鬼〈公家武者 信平(三)〉
佐々木裕一 公《く》卿《ぎょう》の罠《わな》〈公家武者 信平(四)〉
佐々木裕一 狙われた旗本〈公家武者 信平(五)〉
佐々木裕一 赤い刀身〈公家武者 信平(六)〉
佐々木裕一 帝《みかど》の刀《とう》匠《しょう》〈公家武者 信平(七)〉
佐々木裕一 若君の覚悟〈公家武者 信平(八)〉
佐藤究《きわむ》 QJKJQ
佐藤究 Ank:〈a mirroring ape〉
佐藤究 サージウスの死神
佐野晶 三田紀房・原作 小説アルキメデスの大戦
澤村伊智 恐怖小説キリカ
さいとう・たかを 戸川猪佐武 原作 歴史劇画 大宰相〈第一巻 吉田茂の闘争〉
さいとう・たかを 戸川猪佐武 原作 歴史劇画 大宰相〈第二巻 鳩山一郎の悲運〉
さいとう・たかを 戸川猪佐武 原作 歴史劇画 大宰相〈第三巻 岸信介の強腕〉
さいとう・たかを 戸川猪佐武 原作 歴史劇画 大宰相〈第四巻 池田勇人と佐藤栄作の激突〉
さいとう・たかを 戸川猪佐武 原作 歴史劇画 大宰相〈第五巻 田中角栄の革命〉
さいとう・たかを 戸川猪佐武 原作 歴史劇画 大宰相〈第六巻 三木武夫の挑戦〉
さいとう・たかを 戸川猪佐武 原作 歴史劇画 大宰相〈第七巻 福田赳夫の復讐〉
さいとう・たかを 戸川猪佐武 原作 歴史劇画 大宰相〈第八巻 大平正芳の決断〉
佐藤優 人生の役に立つ聖書の名言
司馬遼太郎 新装版 播磨灘物語 全四冊
司馬遼太郎 新装版 箱根の坂(上)(中)(下)
司馬遼太郎 新装版 アームストロング砲
司馬遼太郎 新装版 歳月(上)(下)
司馬遼太郎 新装版 おれは権現
司馬遼太郎 新装版 大坂侍
司馬遼太郎 新装版 北斗の人(上)(下)
司馬遼太郎 新装版 軍師二人
司馬遼太郎 新装版 真説宮本武蔵
司馬遼太郎 新装版 最後の伊賀者
司馬遼太郎 新装版 俄(上)(下)
司馬遼太郎 新装版 尻啖え孫市(上)(下)
司馬遼太郎 新装版 王城の護衛者
司馬遼太郎 新装版 妖怪(上)(下)
司馬遼太郎 新装版 風の武士(上)(下)

司馬遼太郎 戦雲の夢〈レジェンド歴史時代小説〉
司馬遼太郎・海音寺潮五郎 新装版 日本歴史を点検する
司馬遼太郎・井上ひさし 新装版 国家・宗教・日本人
司馬遼太郎・陳舜臣・金達寿 新装版 歴史の交差路にて〈日本・中国・朝鮮〉
柴田錬三郎 お江戸日本橋(上)(下)
柴田錬三郎 貧乏同心御用帳
柴田錬三郎 新装版 岡っ引どぶ〈柴錬捕物帖〉
柴田錬三郎 新装版 顔十郎罷り通る(上)(下)
白石一郎 庖丁ざむらい〈十時半睡事件帖〉〈レジェンド歴史時代小説〉
島田荘司 御手洗潔の挨拶
島田荘司 御手洗潔のダンス
島田荘司 暗闇坂の人喰いの木
島田荘司 水晶のピラミッド
島田荘司 眩暈〈めまい〉
島田荘司 アトポス
島田荘司 異邦の騎士〈改訂完全版〉
島田荘司 御手洗潔のメロディ
島田荘司 Pの密室
島田荘司 ネジ式ザゼツキー
島田荘司 都市のトパーズ2007
島田荘司 21世紀本格宣言
島田荘司 帝都衛星軌道
島田荘司 UFO大通り
島田荘司 リベルタスの寓話
島田荘司 透明人間の納屋
島田荘司 占星術殺人事件〈改訂完全版〉
島田荘司 斜め屋敷の犯罪〈改訂完全版〉
島田荘司 星《せい》籠《ろ》の海(上)(下)
島田荘司 屋上
島田荘司 名探偵傑作短篇集 御手洗潔篇
島田荘司 火刑都市〈改訂完全版〉
清水義範 蕎《そ》麦《ば》ときしめん
清水義範 国語入試問題必勝法
椎名誠 にっぽん・海風魚旅〈怪し火さすらい編〉
椎名誠 大漁旗ぶるぶる乱風編〈にっぽん・海風魚旅4〉
椎名誠 南シナ海ドラゴン編〈にっぽん・海風魚旅5〉
椎名誠 風のまつり
椎名誠 ナマコ
椎名誠 埠頭三角暗闇市場
島田雅彦 悪貨
島田雅彦 虚人の星
真保裕一 連鎖
真保裕一 取引
真保裕一 震源
真保裕一 盗聴
真保裕一 朽ちた樹々の枝の下で
真保裕一 奪取(上)(下)
真保裕一 防壁
真保裕一 密告
真保裕一 黄金の島(上)(下)
真保裕一 発火点
真保裕一 夢の工房
真保裕一 灰色の北壁
真保裕一 覇王の番人(上)(下)
真保裕一 デパートへ行こう!
真保裕一 アマルフィ〈外交官シリーズ〉
真保裕一 ダイスをころがせ!(上)(下)

真保裕一　天魔ゆく空（上）（下）
真保裕一　ローカル線で行こう！
真保裕一　遊園地に行こう！
真保裕一　オリンピックへ行こう！
篠田節子　弥　　勒
篠田節子　転　　生
重松　清　定年ゴジラ
重松　清　半パン・デイズ
重松　清　流星ワゴン
重松　清　ニッポンの単身赴任
重松　清　愛妻日記
重松　清　青春夜明け前
重松　清　カシオペアの丘で（上）（下）
重松　清　永遠《とわ》を旅する者〈ロストオデッセイ　千年の夢〉
重松　清　かあちゃん
重松　清　十字架
重松　清　峠うどん物語（上）（下）
重松　清　希望ヶ丘の人びと（上）（下）
重松　清　赤ヘル1975
重松　清　なぎさの媚薬（上）（下）
重松　清　さすらい猫ノアの伝説
柴田よしき　ドント・ストップ・ザ・ダンス
新野剛志　八月のマルクス
新野剛志　美しい家
新野剛志　明日の色
殊能将之　ハサミ男
殊能将之　鏡の中は日曜日
殊能将之　キマイラの新しい城
殊能将之　子どもの王様
首藤瓜於　脳　　男
首藤瓜於　事故係生稲昇太の多感
島本理生　シルエット
島本理生　リトル・バイ・リトル
島本理生　生まれる森
島本理生　七緒のために
小路幸也　高く遠く空へ歌ううた
小路幸也　空へ向かう花
小路幸也　スターダストパレード
小路幸也 原案　山田洋次 平松恵美子　家族はつらいよ
小路幸也 原作・脚本　山田洋次 平松恵美子 脚本　家族はつらいよ2
小路幸也 原作・脚本　山田洋次 平松恵美子 脚本　妻よ薔薇のように〈家族はつらいよⅢ〉
島田律子　私はもう逃げない〈自閉症の弟から教えられたこと〉
辛酸なめ子　女　修　行
柴崎友香　ドリーマーズ
柴崎友香　パノラマ
清水保俊　機長の決断〈日航機墜落の「真実」〉
翔田　寛　誘　拐　児
白石一文　この胸に深々と突き刺さる矢を抜け（上）（下）
白石一文　神　秘（上）（下）
小説現代編　石田衣良他著　10分間の官能小説集
小説現代編　勝目梓他著　10分間の官能小説集2
小説現代編　乾くるみ他著　10分間の官能小説集3
朱川湊人　冥《めい》の水底《みなそこ》（上）（下）
柴村仁　夜　　宵
柴村仁　プシュケの涙
柴田哲孝　ク　ズ　リ〈ある殺し屋の伝説〉
塩田武士　盤上のアルファ

講談社文庫 目録

塩田武士 盤上に散る
塩田武士 女神のタクト
塩田武士 ともにがんばりましょう
塩田武士 罪の声
芝村涼也 孤闘《とう》の寂《せき》〈素浪人半四郎百鬼夜行(六)〉
芝村涼也 邂逅の紅蓮〈素浪人半四郎百鬼夜行(七)〉
芝村涼也 終焉の百鬼行〈素浪人半四郎百鬼夜行(八)〉
芝村涼也 追憶の翰《かん》〈素浪人半四郎百鬼夜行(拾遺)〉
真藤順丈 畦と銃
柴崎竜人 三軒茶屋星座館1〈冬のオリオン〉
柴崎竜人 三軒茶屋星座館2〈夏のキグナス〉
柴崎竜人 三軒茶屋星座館3〈春のカリスト〉
柴崎竜人 三軒茶屋星座館4〈秋のアンドロメダ〉
城平京 虚構推理
周木律 眼球堂の殺人〈~The Book~〉
周木律 双孔堂の殺人〈~Double Torus~〉
周木律 五覚堂の殺人〈~Burning Ship~〉
周木律 伽藍堂の殺人〈~Banach-Tarski Paradox~〉
周木律 教会堂の殺人〈~Game Theory~〉

周木律 鏡面堂の殺人〈~Theory of Relativity~〉
周木律 大聖堂の殺人〈~The Books~〉
下村敦史 闇に香る嘘
下村敦史 生還者
下村敦史 叛《はん》徒《と》
下村敦史 失踪者
下村敦史 緑の窓口〈樹木トラブル解決します〉
九把刀 阿井幸作/泉京鹿 訳 あの頃、君を追いかけた
杉本苑子 孤愁の岸(上)(下)
鈴木光司 神々のプロムナード
鈴木英治 大江戸監察医
杉本章子 お狂言師歌吉うきよ暦
杉本章子 大奥二人道成寺〈お狂言師歌吉うきよ暦〉
杉山文野 ダブルハッピネス
諏訪哲史 アサッテの人
菅野雪虫 天山の巫女《みこ》ソニン(1) 黄金の燕
菅野雪虫 天山の巫女《みこ》ソニン(2) 海の孔雀
菅野雪虫 天山の巫女《みこ》ソニン(3) 朱烏《あけがらす》の星
菅野雪虫 天山の巫女《みこ》ソニン(4) 夢の白鷺

菅野雪虫 天山の巫女《みこ》ソニン(5) 大地の翼
鈴木大介 ギャングース・ファイル〈家のない少年たち〉
鈴木みき 日帰り登山のススメ〈あした、山へ行こう!〉
瀬戸内寂聴 新寂庵説法 愛なくば
瀬戸内寂聴 人が好き[私の履歴書]
瀬戸内寂聴 白道
瀬戸内寂聴 寂聴相談室 人生道しるべ
瀬戸内寂聴 瀬戸内寂聴の源氏物語
瀬戸内寂聴 愛する能力
瀬戸内寂聴 藤壺
瀬戸内寂聴 生きることは愛すること
瀬戸内寂聴 寂聴と読む源氏物語
瀬戸内寂聴 月の輪草子
瀬戸内寂聴 新装版 寂庵説法
瀬戸内寂聴 死に支度
瀬戸内寂聴 新装版 蜜と毒
瀬戸内寂聴 新装版 花《か》怨《えん》
瀬戸内寂聴 新装版 祇園女御《ぎおんにょうご》(上)(下)
瀬戸内寂聴 新装版 かの子撩乱

講談社文庫　目録

瀬戸内寂聴　新装版 京まんだら(上)(下)
瀬戸内寂聴・訳　源氏物語　巻一《まきいち》
瀬戸内寂聴・訳　源氏物語　巻二《まきに》
瀬戸内寂聴・訳　源氏物語　巻三《まきさん》
瀬戸内寂聴・訳　源氏物語　巻四《まきし》
瀬戸内寂聴・訳　源氏物語　巻五《まきご》
瀬戸内寂聴・訳　源氏物語　巻六《まきろく》
瀬戸内寂聴・訳　源氏物語　巻七《まきしち》
瀬戸内寂聴・訳　源氏物語　巻八《まきはち》
瀬戸内寂聴・訳　源氏物語　巻九《まきく》
瀬戸内寂聴・訳　源氏物語　巻十《まきじゅう》
先崎　学　先崎学の実況！盤外戦
妹尾河童　少年H(上)(下)
瀬尾まいこ　幸福な食卓
関原健夫　がん六回　人生全快
瀬川晶司　泣き虫しょったんの奇跡　完全版〈サラリーマンから将棋のプロへ〉
瀬名秀明　月と太陽
仙川　環《たまき》　幸福の劇薬〈医者探偵・宇賀神晃〉
仙川　環　偽装診療〈医者探偵・宇賀神晃〉

瀬木比呂志　黒い巨塔〈最高裁判所〉
瀬那和章　今日も君は、約束の旅に出る
曽野綾子　新装版 無名碑(上)(下)
三浦朱門　曽野綾子　夫婦のルール
蘇部健一　六枚のとんかつ
蘇部健一　六とん2
蘇部健一　届かぬ想い
曽根圭介　沈底魚
曽根圭介　藁《わら》にもすがる獣たち
曽根圭介　TATSUMAKI〈特命捜査対策室7係〉
田辺聖子　川柳でんでん太鼓
田辺聖子　ひねくれ一茶
田辺聖子　愛の幻滅(上)(下)
田辺聖子　うたかた
田辺聖子　春情蛸の足
田辺聖子　蝶花嬉遊図
田辺聖子　言い寄る
田辺聖子　私的生活
田辺聖子　苺をつぶしながら

田辺聖子　不機嫌な恋人
田辺聖子　女の日時計
谷川俊太郎訳　和田　誠絵　マザー・グース　全四冊
立花　隆　中核VS革マル(上)(下)
立花　隆　日本共産党の研究　全三冊
立花　隆　青春漂流
滝口康彦　粟田口の狂女〈レジェンド歴史時代小説〉
高杉　良　労働貴族
高杉　良　広報室沈黙す(上)(下)
高杉　良　炎の経営者(上)(下)
高杉　良　小説 日本興業銀行　全五冊
高杉　良　社長の器
高杉　良　その人事に異議あり〈女性広報主任のジレンマ〉
高杉　良　人事権！
高杉　良　小説消費者金融〈クレジット社会の罠〉
高杉　良　小説 新巨大証券(上)(下)
高杉　良　局長罷免―小説通産省
高杉　良　首魁《しゅかい》の宴《うたげ》〈政官財腐敗の構図〉
高杉　良　指名解雇

高杉　良　燃ゆるとき
高杉　良　挑戦つきることなし〈小説ヤマト運輸〉
高杉　良　銀行大合併〈短編小説全集(上)〉
高杉　良　エリートの反乱〈短編小説全集(中)〉
高杉　良　金融腐蝕列島(上)(下)
高杉　良　銀行大統合〈小説みずほFG〉
高杉　良　勇気凜々
高杉　良　混沌《こんとん》　新・金融腐蝕列島(上)(下)
高杉　良　乱気流(上)(下)
高杉　良　小説　会社再建
高杉　良　小説　ザ・ゼネコン
高杉　良　新装版　懲戒解雇
高杉　良　新装版　大逆転！〈小説　三菱・第一銀行合併事件〉
高杉　良　新装版　バンダルの塔
高杉　良　新・燃ゆるとき
高杉　良　管理職の本分
高杉　良　破戒者たち〈小説・新銀行崩壊〉
高杉　良　第四権力〈巨大メディアの罪〉
高杉　良　巨大外資銀行
高杉　良　最強の経営者〈アサヒビールを再生させた男〉
高杉　良　リベンジ〈巨大外資銀行〉
高杉　良　新装版　会社蘇生
竹本健治　新装版　匣《はこ》の中の失楽
竹本健治　囲碁殺人事件
竹本健治　将棋殺人事件
竹本健治　トランプ殺人事件
竹本健治　狂い壁　狂い窓
竹本健治　涙《るい》香《こう》迷《めい》宮《きゅう》
竹本健治　新装版　ウロボロスの偽書(上)(下)
竹本健治　ウロボロスの基礎論(上)(下)
竹本健治　ウロボロスの純正音律(上)(下)
高橋源一郎　日本文学盛衰史
高橋克彦　写楽殺人事件
高橋克彦　総門谷
高橋克彦　炎《ほむら》立つ　壱　北の埋み火
高橋克彦　炎立つ　弐　燃える北天
高橋克彦　炎立つ　参　空への炎
高橋克彦　炎立つ　四　冥き稲妻
高橋克彦　炎立つ　伍　光彩楽土〈全五巻〉
高橋克彦　火怨〈北の燿星アテルイ〉(上)(下)
高橋克彦　時宗　壱　乱星
高橋克彦　時宗　弐　連星
高橋克彦　時宗　参　震星
高橋克彦　時宗　四　戦星〈全四巻〉
高橋克彦　天を衝く(1)〜(3)
高橋克彦　風の陣　一　立志篇
高橋克彦　風の陣　二　大望篇
高橋克彦　風の陣　三　天命篇
高橋克彦　風の陣　四　風雲篇
高橋克彦　風の陣　五　裂心篇
高樹のぶ子　オライオン飛行
田中芳樹　創竜伝1〈超能力四兄弟《ドラゴン》〉
田中芳樹　創竜伝2〈摩天楼の四兄弟《ドラゴン》〉
田中芳樹　創竜伝3〈逆襲の四兄弟《ドラゴン》〉
田中芳樹　創竜伝4〈四兄弟《ドラゴン》脱出行〉
田中芳樹　創竜伝5〈蜃気楼都市《ミラージュ・シティ》〉
田中芳樹　創竜伝6〈染血の夢《ブラッディ・ドリーム》〉

講談社文庫　目録

田中芳樹　創竜伝7〈黄土のドラゴン〉
田中芳樹　創竜伝8〈仙境のドラゴン〉
田中芳樹　創竜伝9〈妖世紀のドラゴン〉
田中芳樹　創竜伝10〈大英帝国最後の日〉
田中芳樹　創竜伝11〈銀月王伝奇〉
田中芳樹　創竜伝12〈竜王風雲録〉
田中芳樹　創竜伝13〈噴火列島〉
田中芳樹　魔天楼〈薬師寺涼子の怪奇事件簿〉
田中芳樹　東京ナイトメア〈薬師寺涼子の怪奇事件簿〉
田中芳樹　巴《パ》里《リ》・妖都変〈薬師寺涼子の怪奇事件簿〉
田中芳樹　クレオパトラの葬送〈薬師寺涼子の怪奇事件簿〉
田中芳樹　黒蜘蛛島《ブラックスパイダー・アイランド》〈薬師寺涼子の怪奇事件簿〉
田中芳樹　夜光曲〈薬師寺涼子の怪奇事件簿〉
田中芳樹　魔境の女王陛下〈薬師寺涼子の怪奇事件簿〉
田中芳樹　タイタニア1〈疾風篇〉
田中芳樹　タイタニア2〈暴風篇〉
田中芳樹　タイタニア3〈旋風篇〉
田中芳樹　タイタニア4〈烈風篇〉
田中芳樹　タイタニア5〈凄風篇〉
田中芳樹　ラインの虜囚
田中芳樹／幸田露伴 原作　運命〈二人の皇帝〉
田中芳樹／土屋守　「イギリス病」のすすめ
田中芳樹ほか 文／皇名月 画・文　中国帝王図
田中芳樹／赤城毅　中欧怪奇紀行
田中芳樹 編訳　岳飛伝(一)〈青雲篇〉
田中芳樹 編訳　岳飛伝(二)〈烽火篇〉
田中芳樹 編訳　岳飛伝(三)〈風塵篇〉
田中芳樹 編訳　岳飛伝(四)〈悲曲篇〉
田中芳樹 編訳　岳飛伝(五)〈凱歌篇〉
高田文夫　誰も書けなかった「笑芸論」〈森繁久彌からビートたけしまで〉
高田文夫　TOKYO芸能帖〈1981年のビートたけし〉
髙村薫　李歐《りおう》
髙村薫　マークスの山(上)(下)
髙村薫　照柿(上)(下)
多和田葉子　犬婿入り
多和田葉子　尼僧とキューピッドの弓
多和田葉子　献灯使
高田崇史　QED〈百人一首の呪《しゅ》〉
高田崇史　QED〈六歌仙の暗号〉
高田崇史　QED〈ベイカー街の問題〉
高田崇史　QED〈東照宮の怨〉
高田崇史　QED〈式の密室〉
高田崇史　QED〈竹取伝説〉
高田崇史　QED〈龍馬暗殺〉
高田崇史　QED ～ventus～〈鎌倉の闇〉
高田崇史　QED〈鬼の城伝説〉
高田崇史　QED ～ventus～〈熊野の残照〉
高田崇史　QED〈神器封殺〉
高田崇史　QED ～ventus～〈御霊将門〉
高田崇史　QED ～flumen～〈九段坂の春〉
高田崇史　QED〈諏訪の神霊〉
高田崇史　QED〈出雲神伝説〉
高田崇史　QED〈伊勢の曙光《あけぼの》〉
高田崇史　QED ～flumen～〈ホームズの真実〉
高田崇史　毒草師〈QED Another Story〉
高田崇史　QED〈～flumen～月夜見〉
高田崇史　試験に出るパズル〈千葉千波の事件日記〉

講談社文庫　目録

高田崇史　試験に敗けない密室〈千葉千波の事件日記〉
高田崇史　試験に出ないパズル〈千葉千波の事件日記〉
高田崇史　パズル自由自在〈千葉千波の事件日記〉
高田崇史　化けて出る〈千葉千波の怪奇日記〉
高田崇史　麿の酩酊事件簿〈花に舞〉
高田崇史　麿の酩酊事件簿〈月に酔〉
高田崇史　クリスマス緊急指令〈～きよしこの夜、事件は起こる！～〉
高田崇史　カンナ　飛鳥の光臨
高田崇史　カンナ　天草の神兵
高田崇史　カンナ　吉野の暗闘
高田崇史　カンナ　奥州の覇者
高田崇史　カンナ　戸隠の殺皆
高田崇史　カンナ　鎌倉の血陣
高田崇史　カンナ　天満の葬列
高田崇史　カンナ　出雲の顕在
高田崇史　カンナ　京都の霊前
高田崇史　鬼神伝　鬼の巻
高田崇史　鬼神伝　神の巻
高田崇史　鬼神伝　龍の巻

高田崇史　軍神の血脈〈楠木正成秘伝〉
高田崇史　神の時空《とき》　鎌倉の地龍
高田崇史　神の時空　倭《やまと》の水霊
高田崇史　神の時空　貴船の沢鬼
高田崇史　神の時空　三輪《みわ》の山祇《やまつみ》
高田崇史　神の時空　嚴島《いつくしま》の烈風
高田崇史　神の時空　伏見稲荷の轟雷
高田崇史　神の時空　五色不動の猛火
高田崇史　神の時空　京の天命
高田崇史　神の時空　前紀〈女神の功罪〉
団　鬼六　悦楽王〈鬼プロ繁盛記〉
高野和明　13階段
高野和明　グレイヴディッガー
高野和明　K・Nの悲劇
高野和明　6時間後に君は死ぬ
高里椎奈　星空を願った狼の〈薬屋探偵怪奇談〉
高里椎奈　雰囲気探偵　鬼鶫航《きのつぐみわたる》
大道珠貴　ショッキングピンク
高橋和女　流棋士

高木　徹　ドキュメント 戦争広告代理店〈情報操作とボスニア紛争〉
たつみや章　ぼくの・稲荷山戦記
たつみや章　夜の神話
武田葉月　横綱
高嶋哲夫　メルトダウン
高嶋哲夫　命の遺伝子
高嶋哲夫　首都感染
高野秀行　西南シルクロードは密林に消える
高野秀行　怪獣記
高野秀行　アジア未知動物紀行 ベトナム・奄美・アフガニスタン
高野秀行　イスラム飲酒紀行
高野秀行　移民の宴〈日本に移り住んだ外国人の不思議な食生活〉
高野秀行 角幡唯介　地図のない場所で眠りたい
田牧大和　花合せ〈濱次お役者双六〉
田牧大和　質草破り〈濱次お役者双六 二ます目〉
田牧大和　翔ぶ梅〈濱次お役者双六 三ます目〉
田牧大和　半可心中〈濱次お役者双六〉
田牧大和　長屋狂言〈濱次お役者双六〉
田牧大和　錠前破り、銀太

講談社文庫 目録

田牧大和 錠前破り、銀太 紅蜆《べにしじみ》
田牧大和 錠前破り、銀太 首魁《しゅかい》
田丸公美子 シモネッタのどこまでいっても男と女
竹内 明 秘匿捜査〈警視庁公安部スパイハンターの真実〉
高殿 円 メサイア〈警備局特別公安五係〉
高野史緒 カラマーゾフの妹
瀧本哲史 僕は君たちに武器を配りたい〈エッセンシャル版〉
竹吉優輔 襲名犯
竹吉優輔 レミングスの夏
高田大介 図書館の魔女 第一巻 第二巻
高田大介 図書館の魔女 第三巻 第四巻
高田大介 図書館の魔女 烏《からす》の伝言《つてこと》(上)(下)
大門剛明 反撃のスイッチ
大門剛明 完全無罪
大門剛明 死刑評決〈「完全無罪」シリーズ〉
橘 もも OVER DRIVE《オーバードライブ》
橘 もも 著 沖田×華 原作 安達奈緒子 脚本 小説 透明なゆりかご(上)(下)
滝口悠生 愛と人生
髙山文彦 ふたり〈皇后美智子と石牟礼道子〉

瀧羽麻子 サンティアゴの東 渋谷の西
高橋弘希 日曜日の人々《サンデー・ピープル》
陳 舜臣 中国五千年(上)(下)
陳 舜臣 中国の歴史 全七冊
陳 舜臣 小説十八史略 全六冊
陳 舜臣 新装版 阿片戦争 全四冊
陳 舜臣 琉球の風(上)(下)〈レジェンド歴史時代小説〉
千早 茜 森の家
千野隆司 大店の暖簾《のれん》〈下り酒一番〉
千野隆司 分家の始末〈下り酒一番㈡〉
千野隆司 献上の祝酒〈下り酒一番㈢〉
千野隆司 大《おお》酒《ざけ》の合戦〈下り酒一番㈣〉
知野《ちの》みさき 江戸は浅草
知野みさき 江戸は浅草2〈盗人探し〉
崔《チェ》 実《シル》 ジニのパズル
筒井康隆 創作の極意と掟
筒井康隆 読書の極意と掟
筒井康隆 ほか12名 名探偵登場!
都筑道夫 夢幻地獄四十八景

津村節子 三陸の海
土屋隆夫 影の告発
塚本青史 始皇帝
辻原 登 寂しい丘で狩りをする
辻村深月 冷たい校舎の時は止まる(上)(下)
辻村深月 子どもたちは夜と遊ぶ(上)(下)
辻村深月 凍りのくじら
辻村深月 ぼくのメジャースプーン
辻村深月 スロウハイツの神様(上)(下)
辻村深月 名前探しの放課後(上)(下)
辻村深月 ロードムービー
辻村深月 ゼロ、ハチ、ゼロ、ナナ。
辻村深月 V.T.R.
辻村深月 光待つ場所へ
辻村深月 ネオカル日和
辻村深月 島はぼくらと
辻村深月 家族シアター
新川直司 漫画 辻村深月 原作 コミック 冷たい校舎の時は止まる(上)(下)
津村記久子 ポトスライムの舟

講談社文庫　目録

津村記久子　カソウスキの行方
津村記久子　やりたいことは二度寝だけ
津村記久子　二度寝とは、遠くにありて想うもの
恒川光太郎　竜が最後に帰る場所
月村了衛　神《み》子《こ》上《がみ》典《てん》膳《ぜん》
フランソワ・デュボワ　太極拳が教えてくれた人生の宝物〈中国・武当山90日間修行の記〉
土居良一　海　翁　伝
ドウス昌代　イサム・ノグチ(上)(下)〈宿命の越境者〉
鳥羽　亮　御　隠　居　剣　法
鳥羽　亮　ねむり鬼《き》剣《けん》〈駆込み宿　影始末(一)〉
鳥羽　亮　霞　隠　れ　の　女〈駆込み宿　影始末〉
鳥羽　亮　のっとり奥坊主〈駆込み宿　影始末〉
鳥羽　亮　かげろう妖剣〈駆込み宿　影始末〉
鳥羽　亮　霞《かすみ》と飛《ひ》燕《えん》〈駆込み宿　影始末〉
鳥羽　亮　闇　姫　変　化〈駆込み宿　影始末〉
鳥羽　亮　鶴亀横丁の風来坊
鳥羽　亮　金　貸　し　権　兵　衛〈鶴亀横丁の風来坊〉
鳥羽　亮　提《ちょう》灯《ちん》斬　り〈鶴亀横丁の風来坊〉
鳥羽　亮　お　京　危　う　し〈鶴亀横丁の風来坊〉
東郷　隆／上田　信　絵　【絵解き】雑兵足軽たちの戦い〈歴史・時代小説ファン必携〉
堂場瞬一　八月からの手紙
堂場瞬一　壊　れ　る　心〈警視庁犯罪被害者支援課〉
堂場瞬一　邪　　　心〈警視庁犯罪被害者支援課2〉
堂場瞬一　二度泣いた少女〈警視庁犯罪被害者支援課3〉
堂場瞬一　身代わりの空(上)(下)〈警視庁犯罪被害者支援課4〉
堂場瞬一　影　の　守　護　者〈警視庁犯罪被害者支援課5〉
堂場瞬一　不　信　の　鎖〈警視庁犯罪被害者支援課6〉
堂場瞬一　傷
堂場瞬一　埋　れ　た　牙
堂場瞬一　Killers(上)(下)
堂場瞬一　虹　の　ふ　も　と
土橋章宏　超高速！　参勤交代
土橋章宏　超高速！参勤交代 リターンズ
戸谷洋志　Jポップで考える哲学〈自分を問い直すための15曲〉
富樫倫太郎　信長の二十四時間
富樫倫太郎　風の如く　吉田松陰篇
富樫倫太郎　風の如く　久坂玄瑞《くさかげんずい》篇
富樫倫太郎　風の如く　高杉晋作篇
富樫倫太郎　スカーフェイス〈警視庁特別捜査第三係・淵神律子〉
富樫倫太郎　スカーフェイスII　デッドリミット〈警視庁特別捜査第三係・淵神律子〉
富樫倫太郎　スカーフェイスIII　ブラッドライン〈警視庁特別捜査第三係・淵神律子〉
豊田　巧　警視庁鉄道捜査班〈鉄血の警視〉
豊田　巧　警視庁鉄道捜査班〈鉄路の牢獄〉
夏樹静子　新装版　二人の夫をもつ女
中井英夫　新装版　虚無への供物(上)(下)
中島らも　今夜、すべてのバーで
中島らも　僕にはわからない
鳴海　章　フェイスブレイカー
鳴海　章　謀　略　航　路
鳴海　章　全能兵器AiCO《アイコ》
中嶋博行　ホカベン　ボクたちの正義
中嶋博行　新装版　検　察　捜　査
中嶋博行　新　検　察　捜　査
中村天風　運　命　を　拓　く〈天風瞑想録〉
中山康樹　ジョン・レノンから始まるロック名盤
梨屋アリエ　でりばりぃAge
梨屋アリエ　ピアニッシシモ

2020年6月15日現在